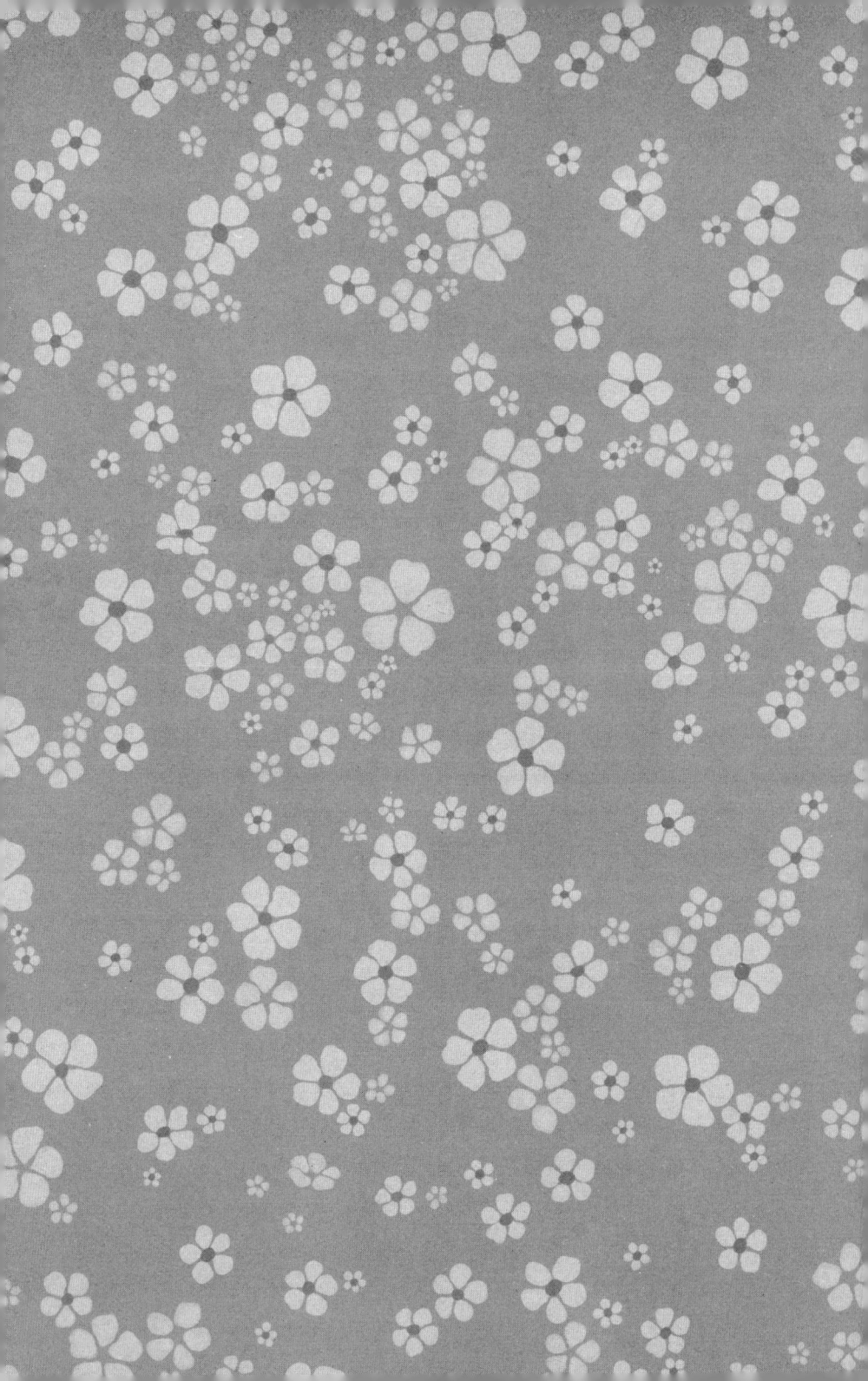

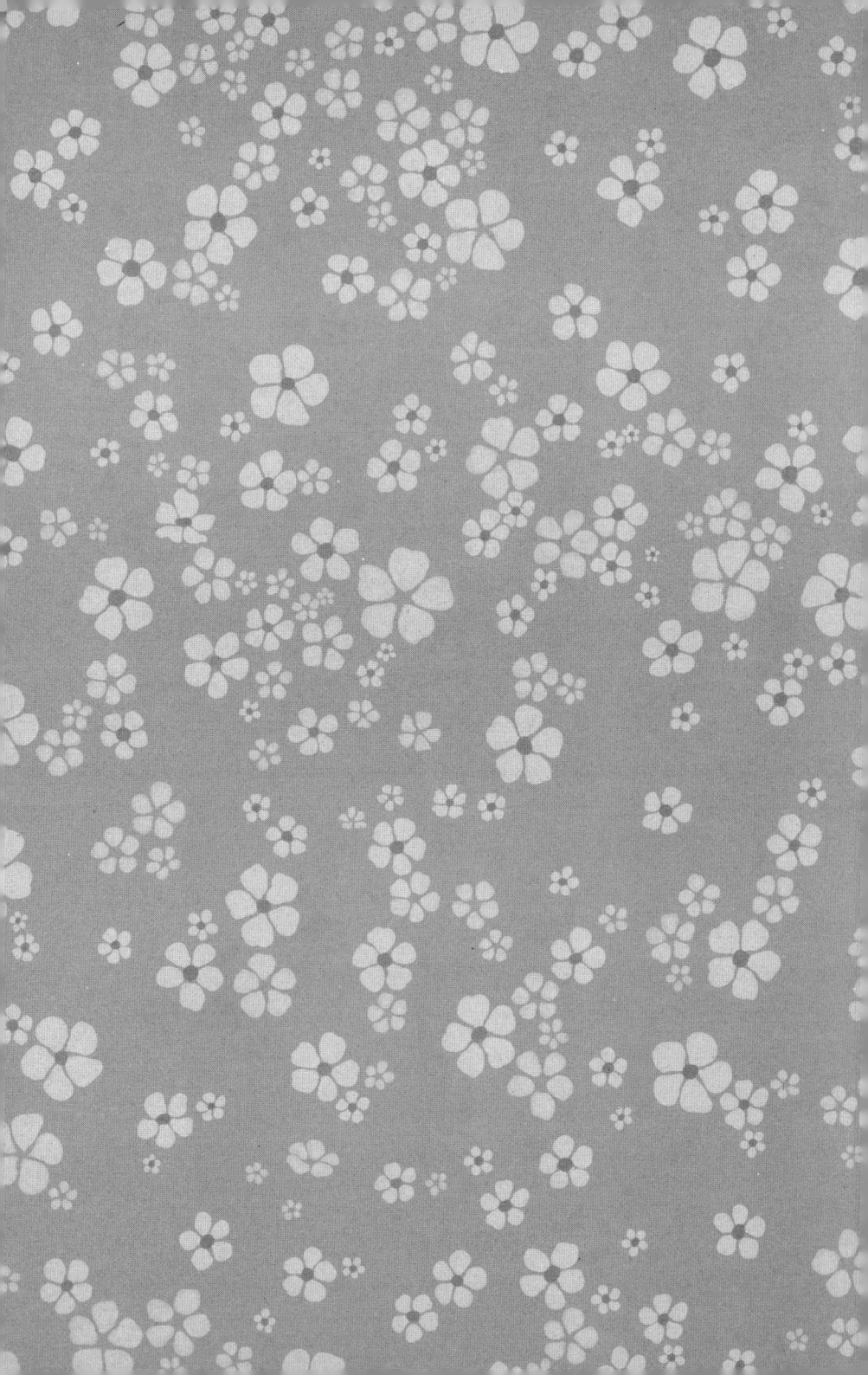

请你守护我

FLORET

READING

▼

九歌 著

【美好时光列车】系列 01

终将有人能将你替代，
你亦能用这漫长到几乎没有尽头的时光
将他遗忘。

上海故事会文化传媒有限公司

上海文化出版社

作者前言 | 我 的 内 心 无 疑 是 崩 溃 的

最初听到要写现代稿时，我的内心其实是拒绝的。

毕竟，我是一个几乎不看现代文，并且前面有过一次失败案例的苦逼"菇凉"。

现在回想起来，只觉当初太傻太天真，写现代稿什么的不过是暴风雨来临之前的一点点牛毛细雨罢了，真正的重头戏还在后面，那便是大家一起拼文，没按日期写完的就得请全员吃饭。

听到这个消息的时候，我的内心无疑是崩溃的。

然而崩溃归崩溃，文嘛，是依旧得写的。

作为一个写惯了苦大仇深、虐恋古风文的作者，在此之前从未想过，自己会写出这么一篇抽风无下限的文，每当自己又写出鬼畜情节的时候，总会忍不住发到改过无数次名、现名为"吃风喝土少女组"的二组群里，跟大伙一起吐槽。

其中，六妹（对哒，就是666鹿拾尔～）则永远都是最坚挺的存在，一个人撑到最晚，时速也最快，常常在我们都消失的时候，独自在群里咆哮："难道只剩下我了吗？真的只剩下我了吗……"

仓鼠（没错，就是辣个长得像仓鼠，又自诩大鸟的晚乔！）是最不坚挺的存在，经常聊着聊着就失踪，最后又冒出来告诉我们，她睡着了！

至于蓓蓓（当然是笙歌啦～）则独自镇守天山，静静地看着我们这股泥石流翻滚至沸腾。啧，人生真是寂寞如雪啊，寂寞如雪。

咳咳，讲着讲着似乎就给扯远了，让我们再回到故事本身上。

最开始的时候，我其实不那么想让人类与妖怪一起谈恋爱，过程或许会让人觉得萌觉得有爱，然而我也不知道自己哪根筋搭得不对，总会莫名其妙就想很远，一个故事明明只写了个开头，就会开始无限畅想他们的未来，会开始脑补，要是有一天方景轩老了，具霜又该怎么办，想着想着突然就想拆散这对CP，转而扶正男配龙兰。

　　这个念头当然被无情地打回去了。

　　现在回过头再看一遍，莫名就没了先前的那种执着。

　　咦，字数满了耶！

　　可爱的小天使们，祝你们看文愉快！

九歌

｜小花阅读｜
【美好时光列车】系列

《弥弥之樱》
笙歌 / 著
标签：我的青梅竹马不可能这么可爱 / 黑到深处是真爱 / 别家的孩子

有爱内容简读：
"是时候告诉大家了，其实我就是他的女朋友。"
喜欢你多久了呢？
从你刚刚那样子亲吻我；从你坐在对面教学楼，我们隔着一个小广场的距离相视而笑；从我们每次回家的时候，你让我靠在你肩膀休息；从你隔着被子把我抱在怀里哄我起床的时候……
我想起过往的点点滴滴，才确定，如果是命运的安排，那我睁眼看到你的第一眼起，就注定要喜欢你。

《路途遥远，我们在一起吧》
姜辜 / 著
标签：温柔又毒舌的面瘫 boy / 玩世不恭的深情系痞子 / 警队甜心

有爱内容简读：
"从第一次见面起，我就觉得你的眼睛很亮，你也很好看。"
"知道了。"莫名地，江棉就开始泪如雨下，"我知道了，阿生。"
阿生，我喝完这杯水了，嘴里的薄荷味很浓，冰箱也依旧在嗡嗡作响。
大概还有三个钟头天才会慢慢地亮起来，可是从这一刻起，我就已经开始想你了。
所以，阿生——其实每次这么叫你，都会让我的心变得潮湿和柔软。
那么阿生，明天见。

《请你守护我》

九歌 / 著

标签：磨人总裁大大 / 千年芙蓉妖 / 整个妖生都崩溃了 / 契约情人

有爱内容简读：

具霜盯着他的眼睛看了很久，终于面色舒展，呼出一口浊气："我认输了。"

她全然放弃了去挣扎，让自己在他眼中的星海里沉沦。

语罢，她又突然弯起嘴角笑了笑："可是我们来日方长，总有一天我会斗赢你。"

就这样吧。

没有什么需要去躲避，她不怕，她什么也不怕。

看着她唇畔不断舒展绽放开的笑，方景轩嘴角亦微微扬起："那么，请你守护我，我的山大王。"

具霜脸上笑容一滞，反复回味一番才恍然发觉方景轩这话说得不对，旋即恶狠狠地瞪向他："啊呸！我才不是山大王，叫我山主大人！"

方景轩眼角眉梢俱是笑意："哦，山大王。"

具霜气极，一拳捶在方景轩胸口上："都说了不是山大王！"

《听我的话吧》

鹿拾尔 / 著

标签：平台人气主播 / 冰山异能少年 / 鬼知道我经历了什么 / 危险恋爱

有爱内容简读：

说起来，我一直觉得你很像一个人。

一个见证了我前二十多年里少见的一次出糗的人。

命运捉弄的重逢后，又想用一辈子珍之重之妥帖收藏的人。

聂西遥将薛拾星紧紧搂在怀里，低笑。

"我已经牵连了你……薛拾星，我答应过，如果你遇到危险，我都回来救你，不管怎样我都会来救你。"

"聂西遥……"薛拾星的眼泪一下子流出来。

他呼吸很重，一下又一下打在薛拾星的脖颈处，但眼底一片平静。

"我会用我的一生保护你，你……信不信我？"

《顾盼而歌》
晚乔 / 著

标签： 耿直毒舌陶艺师 / 雅痞腹黑大明星 / 超能力 VS 免疫超能力 / 两个世界

有爱内容简读：

"我不知道我在想什么，所以，你直接说。"

面前的人眼睫轻颤，小小的拳头捏在两侧，又害怕又期待的样子，让人恨不得把她一把抱到怀里，再不放开。顾泽低了低眼睛，难得地强行让自己镇定了一把。

这是他第一次在遇到意外的时候这样无措，原本觉得她爱逃，怕吓着她，但是……

"我之前不说，是因为觉得你没有准备好，而我对你没有把握。但现在看来，是我估算错误了。"顾泽的唇边漫开一抹笑意，如同滴在水里的墨色，慢慢晕开，直至蔓延到他的眉眼，变得极深，"很感谢你陪着我骗人，没有揭穿那条微博，但从现在开始，让它变成真的好吗？"

"你能不能再直接……"

"我喜欢你很久了。"

《三千蔬菜入梦来》
九歌 / 著

标签： 吃货萝莉 / 腹黑除妖师 / 活了一千五百年才初恋 / 妖王她是个土豆

有爱内容简读：

千黎不知不觉就弯起了嘴角："我倒是对你更感兴趣。"

李南泠不禁打了个寒战："女孩子家家的，别笑得这么荡漾。"

她的声音仿佛有着蛊惑人心的力量，让盘踞在李南泠脑子里挥之不去的声音陡然间全部消散，他将那柄槐木剑高高举起，只一剑下去，所有锁链皆应声而断。

他脑子里也仿佛有根弦就此断去，无数记忆碎片蜂拥而至，如潮水一般涌来，纷纷灌入他脑子里。

渐渐地，那些碎片交汇拼凑成一幅幅完整的画面，犹如放电影般在他脑海里一帧帧跳跃。

他在这短短一瞬之间，仿佛又重新经历一世轮回……

请你守护我

目　录

QING NI SHOU HU WO

001　　引　子

005　　第一章　磨人小凡人

036　　第二章　一只寂寞妖

057　　第三章　你喜欢谁呀

082　　第四章　好大一棵树

111　　第五章　真假小龙兰

138　　第六章　疯了吧，你

163　　第七章　吃醋进行时

189　　第八章　搞个大新闻

218　　第九章　回无量山去

238　　第十章　请你守护我

260　　番外一　愿意娶我吗

269　　番外二　只有一个你

引子

幽暗的洞府中，有丝丝缕缕灵气缭绕，具霜坐于灵气运转的中心位置，缓缓吐出一口浊气，让灵气在体内运行一个大周天。

而后，她睁开眼，望向洞府外湛蓝的天。

杂草丛生的洞府外有焦黑枯枝交横，笔直如剑，割裂具霜不断往天际蔓延的视线。

她掐指一算，才恍然发觉自己闭关已有半年，龙兰此番离去也已三月有余。

她又窝在洞府中等了龙兰足足三日，心中方才有些急切，随身带了把趁手的兵刃，就这么冲出无量山。

无量山往西三百里有混浊瘴气冲天而起，那里已不属于她所管辖，乃是黑山道人所掌控的黑山地界。

具霜本不欲多管闲事，正要绕道而行时，一朵被暴风雨压弯了腰的木芙蓉忽而开口，告诉她一个不亚于晴天霹雳的坏消息。

龙兰迟迟未归的原因竟是误入了黑山地界。

黑山道人既非妖亦非人，若真要给他分个类，大抵只能与那些邪祟玩意儿分到一块。

说起这黑山道人，倒也算是邪门歪道中的一号传奇人物，听闻他尚未黑化的时候还是个敦厚纯良的半妖，瞧见别的妖物吃人，他还能冲上去与其讲些诸如"上天有好生之德"之类的大道理，如此导致的下场自然是被那吃人的妖物给胖揍了顿。

也不知，究竟是长此以往的折腾被那些妖物给打出了逆反心，还是他突然觉醒，明白妖物就该吃人这一算不上真理的真理，总而言之，他就这般无故黑化了，世间就这般无端多出了个凶神恶煞的灾星邪祟。

无论是人还是妖，只要怀揣报复社会之心，脑回路大概就会与寻常人或者妖不一样，除却反人类反社会，他们似乎没有别的事可干，整日闲得只会思考着该如何来毁灭这个世界。

黑山道人自然也不例外。

甫一入黑山地界，具霜就踩了一脚烂泥，身子一歪险些陷入沼泽里。

具霜活了近千年还是首次踏入黑山地界。

从沸腾的沼泽中升腾而出的黛色雾气胡乱飘浮，忽上忽下，一下遮住具霜的眼，一下遮住整块大地，跟闹着玩似的。

具霜虽有法力，却也只能徒步而行，不为别的，只因此处就是一块死地，既无蛇虫鼠蚁，也无魑魅魍魉，甚至静到连风也无，只余那小水洼似的沼泽地"咕噜咕噜"冒着热气。

既无风，她又该如何御风飞行？

这一番探寻下来，具霜只觉无趣，心中也越发着急。

这片沼泽却像是一路延伸到了天际，怎么也走不尽。

她连续走了两个时辰以后，终于失去了耐性。

突然，静谧到令人心生惧意的林子里无端生起一阵狂风，"刺啦"一声撕裂黑山结界，雾气霎时飘散，沼泽突而消失不见，取而代之的是一片连绵到天际的焦黑山峦。

腥风擦着脸颊划过，疼痛顺着肌理渗入骨髓。

具霜双目圆睁，瞪着前方戴昆仑奴面具的黑山道人。

具霜尚未出声，黑山道人又抬手引出一道漆黑死气，纵使具霜耗尽全身妖力去抵挡，也被推出老远，直接掀翻在地。

她嘴角渗出丝丝鲜血，刚要起身，黑山道人指尖又凝出一点黑光。

千钧一发之际，背后突然冒出一个熟悉的嗓音："姐姐快跟我来！"

具霜只觉后背一暖，下一瞬整个人就已落入一个温暖的怀抱，是龙兰。

黑山道人的声音自背后传来，阴冷濡湿，仿佛有蛇在耳畔攀爬缠绕。

"坏我好事，今日你们谁都别想逃！"

第一章

— 磨人小凡人 —

1. 方景轩嘴角抽搐，看她的眼神宛如看一个智障。

漆黑的海面上，一艘游轮缓慢行驶。

现在正值深夜，船舱内的酒吧灯红酒绿，一片喧哗，越发映衬出甲板上的静。

此时此刻，偌大的甲板上仅剩两个人，一男一女，都二十出头的年纪。

其中那个一身宽松度假风装扮的男人手中握着一根银色海竿，正聚精会神地盯着海面。

站在他身边的女人长了张蛇精似的锥子脸，一头浓密的大波浪鬈发像毯子一般覆盖在胸前，深 V 礼服下的诱人沟壑若隐若现。

她已经举着高脚杯在男人身边站了足足十五分钟，男人的视线却从未离开过海面，同样的姿势维持太久，使得她腿部微微有些肿胀发麻。

又盯着那男人看了将近五分钟，她终于按捺不住，再度朝那男人靠近了几分，有意无意地用自己胸前的软玉蹭那男人的手臂。

温香软玉在侧，寻常男人又怎么把持得住。

眼前这个男人大概是个不寻常的，他非但没领略这等风情，反倒一脸嫌弃："你凑这么近，等鱼上钩了，我又怎么好使力！"

锥子脸女人面色如常地往右挪了挪，低头喝了口红酒以掩饰自己的尴尬。

时间一点一点地过去，海上依旧风平浪静，眼看女人手中的高脚杯就要见底，搭在银色钓竿上的鱼线突然被绷紧，原本笔直的钓竿也在一瞬之间弯成拱形。

男人脸色瞬变，顷刻间眉开眼笑，眼神中透露出不可言喻的兴奋："上钩了，这次肯定是个大家伙！"

站在他身侧的锥子脸女人却面露担忧，她眼睛时刻盯住那因承受重物而被压成拱形的钓竿："都弯成这样了，该不会断吧……"

男人嫌弃锥子脸女人说话晦气，声音有些冷，面色也不大好看："我这根钓竿钓你都不成问题，更别说是鱼。"

这根海竿堪称是他的压箱神器，曾替他在塞舌尔群岛钓上过一条四十多公斤的吞拿鱼，那也是他最辉煌的战绩。

锥子脸女人的话虽不大好听，可那男人也未免太小家子气。

锥子脸女人面上有些挂不住，尴尬地笑了笑，旋即又是撒娇又是卖萌地把话圆了回去："哎呀，人家只是担心你嘛，当然知道你钓鱼技能一级棒啦。"

男人此刻把所有精力都放在钓大鱼上，压根就没心思去搭理那锥子脸女人。

锥子脸女人讨了个没趣，索性也不再说话，安安静静地坐在一旁，等鱼上来。

虽然遭到了男人的嫌弃，锥子脸女人却仍在纠结钓竿会不会断这个问题，一双眼睛时刻盯在弯曲得越发厉害的钓竿上。

海上赫然刮来一阵咸风，原本平静的海面突而掀起一阵海浪，迎风拔高数丈，"轰"的一声砸在那一男一女身上。

好在这艘游轮足够高大，即便是这样的浪拍打过来，也没能给它造成丝毫的影响。船舱内的人们依旧在彻夜狂欢，方景轩踏着虚浮的步伐在人群中穿行，他面色酡红，一双冷若寒星的眸子也在酒精的浸泡之下变得波光潋滟。

甲板上。

锥子脸女人被淋了个透心凉，一头浓密的大波浪鬈发像刚从水里捞上来的海草似的不停地滴着水。刚要喘气，又一阵海浪迎头砸下来，这海浪虽然没前面那一波大，锥子脸女人还是呛了一口水，她连忙丢开高脚杯，趴在围栏上捂着胸口拼命咳嗽。

反观那个男人，他虽然也被淋成了落汤鸡，却越来越兴奋，像是丝毫未察觉突然卷来这样的浪有什么不妥。

一轮明月高高悬挂在天上，不停地从海面掠来的风让浑身湿透的男人逐渐感受到一丝凉意。

他左手紧握钓竿，右手飞快转动渔轮，几近使出全身力气的他牙关紧咬，额头和背部甚至都开始沁出热汗。

眼看鱼线越缩越短，那条被他钓上来的大鱼终于要露出水面了，男人大脑皮层瞬间兴奋到顶点。

天空之上有薄云飘来，遮住半边明月，光线霎时暗了下来。

在月光与身后白炽灯的交叠映衬下，首先闯入男人眼帘的是一颗黑乎乎的头颅！

像是有什么东西突然在脑子里炸开，男人有一瞬间的头晕目眩，他微不可察地摇了摇头，又凝神望过去。

风不知什么时候吹开了薄云，皓月兜头洒下银白的光。

男人这一眼望过去，只看见苍凉的月光下赫然浮现一张被海水浸泡得惨白的脸。

海面掠来的风越来越大，遮蔽住满月的云完全散开，呈现在男人眼中的景象也越发清晰。

四周突然变得很静，海风的呜呜声连同锥子脸女人的咳嗽声仿佛突然消失不见，男人大脑一片空白，脑子里不停地回荡着，耳边传来的覆盖在那惨白脸上的长发滴水的声音。

"滴答……"

"滴滴答答……"

终于，男人再也承受不住地惊叫出声，撒手抛开钓竿，"刺溜"一声跑得没影。

锥子脸女人仍趴在围栏上咳嗽，阴冷的风一阵又一阵拂过，她被海水浸湿的身体泛起一层层细密的鸡皮疙瘩，然后她终于发觉气氛似乎有些不对劲，猛地一抬头——

无边的恐惧迫使她的瞳孔缩成针尖大小，她脑袋里有个声音在不断叫嚣，提醒自己快点跑，身体却像失去控制似的僵在原地。

率先闯入她视线的，是一只煞白细长的手，五指尖尖，仿佛随时都能捅进胸腔，掏人心肝。

锥子脸女人连尖叫声都还没溢出嗓子眼，围栏上又突然冒出另外一只手，正好与那只凑成一双。

让人头皮发麻的笑声自围栏下传来，忽地被海风撕扯开，统统灌进锥子脸女人的耳朵里，她终于再也忍受不住，卡在嗓子眼里的惊叫声霎时喷涌而出，响彻整个夜空，整个人像是失了魂一样磕磕绊绊逃走。

就在锥子脸女人刚离开不久，那双手的主人具霜终于铆足了劲翻过围栏，最终又因力竭而"砰"的一声瘫倒在甲板上，随即吐出一直被自己咬在嘴里的墨兰，将其紧紧握在手里，有气无力地喘着粗气："呼，差点又被那女人吓得滚下去。"

说完这句话，她疲倦地闭上眼睛握着那株墨兰，再也没了动静，呼吸绵长，竟然就这么睡着了。

与此同时。

借酒醉之名摆脱那群人、上甲板吹海风的方景轩目光突然一紧，随即将视线定在呈大字状躺在甲板上的具霜身上，嘴角忽而微微扬起，露出个意味不明的笑。

具霜这一觉睡得很沉，连甲板上又多出一个人不怀好意地盯着自己也不知道，还梦到自己无意间得到某天材地宝，一夜间妖力大涨，虐得黑山道人分不清东西南北。

　　具霜再度醒来的时候，发现自己正躺在一张圆形水床上，她手中依旧握着一株墨兰，衣衫也勉强算得上是整洁。

　　她有些茫然地看着坠了奢华水晶吊灯的天花板，混沌的脑子里慢慢聚起思绪。

　　四百年前龙兰误闯黑山地界，不但损毁黑山道人的聚阴阵法，并且还折了他五百年修为。正因如此，黑山道人才像疯狗似的追杀了他们整整四百年。

　　她眼睛微微眯起，把所发生的事在脑子里完整地过了一遍。

　　她与龙兰被黑山道人追杀，黑山道人不但把龙兰打回了原形，还一路追杀她至东海。

　　水主阴，黑山道人原本修的就是邪门歪道，按理说他不该惧水才是，却在看到具霜握着龙兰元身坠海的一瞬间即刻放弃追杀。

　　世间遗留下的妖千千万万，其中不乏大能者。

　　妖与人类不同，向来就喜独居修炼，一旦占据了某个地方，再有别的妖物不请自来，那就是挑衅想抢地盘。是以，在具霜坠海的一瞬间，海底就有磅礴妖气席卷而来。

　　黑山道人不敢贸然行动，悬于半空沉思许久，终于还是选择就此离去。具霜亦因此得以喘息，那蛰伏深海的大妖物不过用神识微微扫了具霜一番，便不再搭理她，任由她在海中漂浮。

把整个思绪都给捋顺了，具霜才有心思去细细打量这个房间，也就在这时，她才后知后觉地发现自己身边躺了个人。

那是个身形高大、面部轮廓很深的男人，正是在甲板上发现具霜的方景轩。

此时的他双眼紧闭，鸦翅般浓密的眼睫像两把小扇子似的覆盖在眼睑上，在灯光的照射下，晕出两团阴影，越发衬得他轮廓分明。

具霜眉头微微皱起，看方景轩的目光越发赤裸裸。

他鼻骨修直，嘴唇很薄且棱角分明，即便就这么双眼紧闭地躺在这里，也莫名给人一种无形的压迫感，就像一柄即将出鞘的利刃。

具霜原本还想再凑近些仔细看看，方景轩却毫无预兆地睁开了眼，那一瞬间，具霜只觉骄阳刺眼。

明明是黑夜，他一睁开眼就无端让人联想到了七月里的似火骄阳。

具霜觉得意外，这和她所预想的完全不一样，她总觉得眼前的男人该是那种面瘫型的冰山美人，怎么一睁眼就变成小太阳了呢？真是……好神奇啊！

许是具霜的眼神太过赤裸裸，以至于让方景轩感到不爽，他眉眼距离本就比一般人近，容易给人压迫感，如今再一皱起眉，具霜只觉一股杀气扑面而来。

她忍不住瑟缩了一下，同时又默默在心中唾弃自己，好歹也是只活了千把年的老妖怪，看见个凡人就被吓成这样是要闹哪般！

具霜尚未吐槽完，方景轩就已起身贴了上来，像是一只锁定猎物的豹，一双寒星般的眼直直望着她，仿佛一眼就能望到她心底。

具霜又是一颤，不由自主地往后挪了挪，边挪边由衷地感慨，奇怪，她怎么突然变得这么窝囊！

方景轩此时此刻自然不知道具霜脑子里在想些什么，也不开口说话，在距离具霜鼻尖仅剩三十公分的地方骤然停止逼近，忽而掀起嘴角，似笑非笑地望向门口。

具霜有样学样，也朝门口看去，除却发现门是白色的以外，并无任何收获。

身为一个可以做眼前人类老祖宗的妖怪，具霜表示非常不喜欢这种不清不楚的感觉。她刚准备开口说话，方景轩却突然翻身压住了她，其动作之迅猛，使得整张水床都晃了几晃。

方景轩的手恰好搭在具霜肩膀上，压住了她尚未愈合的伤口。具霜忍不住闷哼一声，与黑山道人一战几乎耗尽了她所有力气，连带她身上妖力都有受阻的趋势，现在的她浑身软绵无力，甚至连一般的凡人女子都不如，又哪能阻止方景轩的步步逼近。

方景轩的脸越凑越近，她甚至都能感受到他温热的鼻息。

他们鼻尖相触碰贴在一起之际，具霜终于惊慌地闭上了眼睛。他却不再靠近，而后她终于听到了他的声音："叫。"

简简单单一个字，落入具霜耳朵里，她只觉自己要被这单音节给冻成冰碴儿。

具霜脑子里没来由地就冒出"冰火两重天"五个大字。

方景轩见具霜一脸呆滞，声音又冷了几分，却仍旧是重复那个单音节，仿佛多说几个字就会要了他的命。

这下具霜真是一脸呆愣："叫什么？为什么要叫？"

方景轩神色不变，薄唇微启，又从舌尖抵出个"床"字。

"床？床？床？"重要的事强调三遍，具霜一脸迷茫地连叫了三声"床"字。

方景轩嘴角抽搐，看她的眼神宛如看一个智障。

感受到他眼神里所蕴含的深深恶意，具霜当即怒了："不是你让我叫床吗？我都义务替你多叫了两声，你还敢嫌弃？信不信我吃了你！"

话一出口，具霜才恍然发觉自己真心是个智障。

而方景轩看她的眼神似乎又多了一层深意，只见他嘴角微微扬起，细细咀嚼着那三个字："吃了我？"

具霜不知道该怎么与方景轩解释，她所说的吃是那种正儿八经的吃，而不是他所联想出的非正经的"吃"，纠结着纠结着，又觉得他俩此时所维持的姿势过于不正经，索性伸手去推方景轩。

推的第一把，方景轩纹丝不动。

第二把仍是如此，第三把……第四把……

好吧，具霜终于决定放弃。

方景轩的声音再度幽幽传来："勾引我，嗯？"

那刻意拖长的尾音听得具霜心肝直打战，她终于忍不住出口："你哪只眼睛看见我勾引你了！"

方景轩想都没想就说："两只。"

具霜莫名生出种虎落平阳被犬欺的凄凉之感，这等悲怆简直无语泪凝噎，她都想以头抢地来证实自己的清白。

她猛地吸了两口气，以平复自己的心情，然后挤出个自以为甜美到不行的笑："大哥，我跟你商量件事好不好？"

方景轩面无表情："不好。"

具霜："……"

具霜沉默良久，终于放弃挣扎，她一番话说得真诚至极，只差即刻掀开方景轩，单膝跪倒在地。

"大哥，您究竟要干什么只管说，小的一定舍命相陪！"

男人嘴角微翘，似笑非笑地望着具霜的眼睛："真乖。"

"……"具霜无端起了一身鸡皮疙瘩，莫名觉得，她果然无法与人类进行正常交谈。

清了清嗓子，她又试着问了句："好吧，你给说说，准备让我怎么叫？"

具霜一副豁出去的模样，方景轩却变脸比翻书还快，明明上一刻还在笑，下一瞬就冷若冰霜："不必了。"

他神色不明地瞥了眼房门所在的方位："人刚走。"

"……"

具霜只觉得，活了千把年，从未如此心塞过。

心塞归心塞，有些事却马虎不得，她又即刻问了句："那我是不是也可以走了？"

"你不行。"方景轩话是这么说，人却已翻身躺下，不再以那种鬼畜的姿势逼迫着具霜与他对视。

具霜心想，你说不行就不行？老娘又不是没长腿！

当即身随心动，她一个挺身就准备起床冲出去，然而她却忽略了自己此时有多虚弱，身体尚未离开水床，就被男人一把扼住手腕，强行拽回床上，一双冷若寒星的眸子里倒映出具霜惊慌失措的表情，而后只见他右手高高举起……

他的手臂遮蔽住具霜头顶的光，笼罩下大片阴影，具霜心中"咯噔"一声响，她下意识闭上了眼，预期中的疼痛却未落下来，反倒有样柔软的物什落在她身上，是沾染了冷香的毯子。她刚要睁开眼，房间里的灯却"咔"的一声被关上，寂静的夜里，方景轩的声音在徐徐回荡。

他说："睡觉。"

他近在咫尺，黑暗中仿佛有无穷无尽的清香席卷而来，那是属于他的味道，冷冽、悠长，介于梅与兰之间，却又极淡似无，虚无缥缈地飘浮在她鼻尖。

这种感觉十分微妙，越是这样，具霜越是睡不着，她脑子里乱糟糟的，一下子在想，他一个大男人身上怎么会这么香，一下子又想，他身上的香味究竟是怎么来的，究竟是沐浴露的味道，还是他自恋到连睡觉都要喷洒香水，不过这又是什么香呢？怪好闻的。

躺在床上纠结许久，具霜又忍不住睁开眼睛，凝视方景轩几乎融入夜色里的睡颜。具霜想，他大概是真有些倦意，想睡觉了吧，否则他的眉眼又怎会突然变得这么柔和。

这一刻，她莫名觉得自己想和方景轩说话，一时间没能把持住，张口就来了句："啧，身边躺了个完全不认识的陌生人你也能睡着，就不怕我半夜拿刀子捅了你？"

方景轩眼睫微微颤了颤，困极了的他声音不复先前冰冷，落入耳朵里，有着意想不到的柔软："别闹。"

软软的，像裹着糖。

那一刹，具霜仿佛觉得自己心跳漏了一拍，像是有细小的波纹在她心湖中一层一层漾开。

然而下一瞬，她却赫然瞪大了眼，猛地蹬开被方景轩盖在自己身上的毯子。

那个柔软的声音又自黑暗中响起："怎么了？"

具霜哭丧着脸，晃了晃被她蹂躏得不成样子的龙兰元身，开始实力甩锅："就是你！害得我忘记种它了！"

方景轩："……"

2. 一个要逃命的还整这么高调，简直就是自寻死路嘛！

当海面第一缕阳光透过玻璃窗，洒落在身上时，具霜正捧着已然被种到花盆里的墨兰神神道道地念着什么。方景轩微微眯着眼瞥了具霜一眼，又翻了个身接着睡。

具霜实在无聊，与那株墨兰念完经，又开始盯着方景轩发呆。

"大哥，你叫什么呀？"这是具霜今天所说的第一句话。

"大哥，你是干什么的呀？"这是具霜今天所说的第二句话。

"大哥，你娶老婆了没呀？"这是具霜今天所说的第三句话。

方景轩终于忍无可忍，翻身瞥她一眼，声音冷且淡："闭嘴。"

"哦。"具霜一副乖巧听话的样子，然后又换了种方式继续念叨着：

"大哥，你想知道我叫什么吗？"

"大哥，你想知道我是干什么的吗？"

"大哥，你想知道我有对象了吗？"

方景轩："……"

还没念到兴头上，具霜就感受到一道冰冷的视线正在注视自己，于是……她念得越发勤快："大哥大哥，要不咱们聊聊人生吧，啊，你喜欢阴天呢还是晴天呢？你喜欢咖啡呢还是热茶……"

最后一个字还在舌尖里打转，具霜就听到方景轩蕴含威严的声音响起："再吵就把你丢出去。"

就等这句话了，具霜眼睛一亮，只差蹦起来拍手叫好："这样啊，那我们还是接着刚才的话题继续吧！大哥大哥，你喜欢……"

具霜越说越开心，眉眼弯弯，笑容又甜又舒畅，她面上的笑容还有继续蔓延扩大的趋势，却在下一瞬突然收紧，不为别的，只因方景轩正面无表情地朝她逼近。

跟一群乱七八糟的妖怪打惯了架的具霜第一反应是，方景轩准备起身揍她，她甚至还下意识做出了防御的姿势，然而……方景轩却看都没看她一眼，抄起衣架上的衣服径直走进浴室里。

具霜一拍脑门，啧，果然是在妖怪堆里待久了，差点都要忘了，人类和妖族是不一样的。妖族不分男女，向来只以实力说话，倘若你有实力，即便是女身，一口气收上百来个侍夫都不成问题；反观人类，成日抓着男女有别大做文章，从来都在强调男人与女人是不一样的。

具霜妖力虽受阻，五感却仍比寻常人来得灵敏，不过须臾，她就听到哗哗流水声从浴室里传出，大概是那个凡人在洗澡。

此时不跑更待何时！

具霜想都没想，抱起那种了墨兰的花盆就往门外跑，却在开门的一瞬间感受到一股十分熟悉的邪气，那道邪气自东方天际传来，暂时还有些微弱，大抵离她还有些距离。

具霜再也不敢轻举妄动，默默关上门，又重新坐回床上，心中思忖着，她这叫识时务，而非没骨气，留得青山在不愁没柴烧，毕竟被意图不明的凡人关在房间里总比被黑山道人宰了来得好。

洗完澡看到具霜一脸乖巧地趴在窗户边发呆，方景轩很是意外，他原本以为具霜会趁此机会偷偷溜走，也想趁机给她个教训，让她明白自己身无分文又身份不明地待在这游轮上究竟能不能活下来。

既然具霜这么乖巧听话，方景轩也就收起了要给她教训的心思，盯着她沉吟一番，用一种不容置疑的语气对她说："再过三天这艘游轮就会靠岸，接下来的三天你要随时跟在我身边，我说什么，你就要做什么。"

具霜还是头一次听方景轩一口气说这么多话，整个人都有些恍惚的感觉，莫名觉得有些不真实。

这种感觉不过持续一瞬间，具霜就拉回心神，很快恢复正常，她挑着眉反问方景轩："听你的语气好像很笃定我会留下来似的，可你哪儿来的自信？"

她说这话原本也只是虚张声势想吓唬吓唬这个凡人，除此，并无他意，没想到这个凡人竟一条一条地与她分析起来。

"凭你身份不明，无法在这艘游轮上得到任何物资，以及我把你从甲板上救了回来。"说到这里，他又意味深长地看了具霜一眼，"更不凑巧的是，那位被你吓到的先生，恰好是我市市长的公子。"

具霜眉头挑得越发高，很快又恢复如常，而后只见她满脸正气地拍着胸口，色厉内荏："难道你觉得我会是那种知恩不图报的人？"说到这里，神色又变了变，"古人云，滴水之恩当涌泉相报！我自然、自然……"

方景轩什么也没说，就这样冷冷注视着她。

作为一只妖怪，还是那种成日只知道与人斗殴抢地盘的妖怪，具霜肚子里能有什么墨水？话才说到一半就不知道该怎么组织语言，她不禁乜斜着眼睛睨了方景轩一眼，有些苦恼的样子："哎，你怎么不打断我啊？"

方景轩淡淡收回视线："你一定没有试着跳进沸水里。"

具霜觉得方景轩这话说得莫名，下一瞬又听他的声音再度传来："下次可以试试，你的皮一定久煮不烂。"

具霜瞬间明了，敢情他是在拐弯抹角骂自己脸皮厚啊！

具霜一脸无所谓地耸耸肩，反正她不是人，脸皮薄又不能当饭吃。

回味一番，她又觉得"不是人"这三个字听起来怪怪的。

啧，果然与人类打多了交道，整只妖都会变得奇奇怪怪。

具霜本就打定主意留在这里以躲避黑山道人的追杀，至于眼前这个男人究竟抱有怎样的目的将她留下，就不在她的考虑范围之内了，左右弄不死她，还包吃包住，倒也算桩划得来的买卖。

想到这里，她不禁释然一笑，想着接下来三天总不能一直"喂喂喂"称呼这个凡人，于是抬起头来，迎上方景轩的眼睛："我的名字是……"

话还没说出口，就遭到方景轩冷声打断："不需要。"

具霜撇撇嘴，心里多少有些不舒服，又有些不服气："那你把名字告诉我呀，我可不想每天'喂喂喂'地喊你，显得我多没礼貌似的。"

她这话一语双关不要太明显，方景轩却毫不在意，他理了理自己的衣领，声音清冷透彻："方景轩。"

具霜深深怀疑这人把她留在这里其实就是用来暖床的，好吧，也只是字面意思上的暖床而已。

往后的三天里压根就没具霜的用武之地，她整天除了吃就是睡，日子过得像猪一样颓废。

具霜又怀疑自己被强行留下就是用来做摆设的，不，或许连做摆设都遭到了嫌弃。具霜越发迷茫，那么，她究竟是被留在这里干什么的……

这个问题，她思索了很久都没能想出个所以然，方景轩自然也不会给她答案。更气人的是，三天时间刚到，游轮距离海岸还有几千英尺，方景轩就已经做好打发她走的准备。

他逆着光立于阳光下，双眼竟比阳光还要璀璨，像是聚集了世间所有的华光，而后他缓慢出声，却问了具霜一个十分俗套的问题："多少钱？"

具霜莫名其妙就生出一种他要花钱包养她的错觉，当然，他眼睛里要是没有流露出溢于言表的嫌弃，那种感觉会更强烈一些。

实际上具霜却是明白，方景轩这是想用钱来打发她，拿了钱，他们好聚好散。

作为一只活了千年的妖怪，没有点财物伴身是不可能的，她虽然不缺钱，但有人给她送，她也乐意接收。

只不过她对钱财毫无概念，并不知道自己该拿多少才算合适，思量了老半天，她才装模作样地反问："那你又能给多少？"

方景轩竖起一根手指。

具霜也不知道他具体是说多少，心里想着，管它多少，即便只有一百那也是钱啊，至于要是一百块都不给，那她就真没话说了。

　　具霜早就收拾好了行李站在甲板上等船靠岸，说起行李，其实她也就一个种了龙兰元身的花盆，完全可以称得上是轻装上阵。

　　临近下船的时候，具霜往方景轩所在的房间深深望了一眼，不禁感慨，资本家果然都是薄情寡义的，才把人利用完就能挥一挥衣袖不带走一片云彩，这等"洒脱"让身为妖的她都不禁感到汗颜。

　　具霜混在人群里，在即将离开港口的那一刻，突然有人拦在了她身前："请问这位小姐方便等人吗？我家先生有事与你交谈，嗯，他姓方。"

　　那是个极其儒雅的男人，身上西装裁剪合体，戴着一副银丝边眼镜，面上始终挂着礼貌而疏远的笑。

　　那个所谓的方先生大概就是方景轩吧。

　　具霜莫名觉得奇怪，也不知道方景轩究竟想玩什么花招，踟蹰一番，还是忍不住开口去询问那个儒雅男人："请问方先生找我究竟有什么事？"

　　儒雅男人只扬起嘴角，微微一笑："具体有什么事，鄙人也说不清楚，还请小姐耐心等等。"

具霜只好站在那里等，直到人群散尽了，才看见立于码头那边的方景轩。

随着方景轩的出现，那个被儒雅男人弄得神神秘秘的事情也就此浮出水面。

具霜挑起眉毛凝视着方景轩的眼："你是说让我加入你们公司，成为一名艺人？"

原来方景轩是方氏集团的少东家，他旗下一个即将出道的女艺人意外毁容，恰巧具霜与那女艺人有几分相似，方景轩第一反应便是提议让她加入。

遗留至今的妖不计其数，其中一部分会像具霜从前一样选择隐世修行，另一部分则会悄悄潜伏在人间，大隐于市。

时代在进步，妖怪们也并未如人类想象中的那样停滞不前，早在几年前具霜就已经在自己的洞府内安上了无线网，一部手机就足以让她连上整个世界，要不是黑山道人阴魂不散一路追杀，她大概能在自己洞府里宅上个几百年。

如今再贸贸然回到深山老林显然是不可能的，她即便是要躲黑山道人，也只能往人堆里跑。

只是，她再往人堆里跑，也不能跑去做艺人这么高曝光度的工作呀，除却整天被媒体和粉丝盯着，不能露出一点马脚外，还有黑山道人这个不容忽视的存在啊，一个要逃命的还整这么高调，简直就是自寻死路嘛！

具霜宁死不从，脑袋摇得像拨浪鼓。

而后，她十分清晰地看到方景轩眸色暗了暗，连同身上气势都变得冷冽，她莫名觉得周遭仿佛在一瞬间就冷了好几度。

其实她很想对着方景轩劈头盖脸一顿大骂："气场强大了不起啊，一天到晚板着张讨债脸想要吓唬谁！"然而她似乎并没有这个勇气。

妖的本能告诉她，这个人很危险，甚至，比黑山道人更值得提防。她对方景轩似乎有种深入骨髓的惧意，这也是她从一开始就被压制得毫无反手之力的最大原因。

方景轩乱放冷气，她潜意识里的第一反应不是与其对峙，而是发自本能地想要拔腿就跑。

然而，她刚刚踏出一步，又突然察觉到迎面刮来的海风中似乎沾染了一丝邪气，那道邪气比她在游轮上感受到的更为精纯浓郁，如果说凭借上一次的浓度可以判断出黑山道人尚在十公里以外，那么这一次，几乎就已经在数十米以内了。

想到黑山道人竟会离自己这么近，具霜就忍不住打了个冷战。方景轩等人再说什么话，她也完全听不进，一脸警惕地四处扫视，看附近有没有藏匿什么可疑之人。

她神色越来越紧张，甚至连方景轩都察觉到她的异常。

现在恰好是下午七点半，正值逢魔时刻。

金乌西坠，太阳已有一半沉入海底，湛蓝的海与天相连，霎时被染成万顷绯红。

此时的港口人已散尽，微微凉的风自海面吹来，略咸腥，扫在脸上有着尖锐的刺痛感，就像有人拿柳叶小刀片在脸上轻轻地刮。

所有的人都在这一瞬间停下手中事项，凝目望向海面，像是有什么奇怪的东西即将破海而出。

具霜不过望了一眼便即刻收回视线，然后她的神色变得越发凝重，脑袋整整偏离扭转了四十五度，神色不明地望着西南方向。

没有人发现，那里悄无声息地钻出了个裹着黑色中式斗篷的男人，他脸上戴着造型骇人的青铜昆仑奴面具，只露出一截苍白而修长的脖颈。

在他出现的刹那间，具霜身体明显颤抖了一下。时刻注意着具霜动静的方景轩顺着她的目光望过去，看见了一个身形高大、衣着古怪的男人靠在围栏上。

　　许是方景轩的眼神太过锐利，那男人几乎在第一时间就发现他的目光，两人的视线就这么不期然地撞上。瞬间，具霜只觉四周的空气仿佛都凝固了，无形的硝烟在空气中弥漫。

　　具霜不知道这个凡人哪儿来的这么强大的气场，能与黑山道人对峙这么久，反倒是她已经被黑山道人身上的威势压得丝毫不敢动弹，后背更是被冷汗打湿了一大片，那些汗水正凝聚成水珠，顺着她宽松的短款上衣一颗一颗滴落。

　　当她身上汗水滴落至第三颗时，黑山道人终于有所动作！

　　强风毫无预兆地席卷而来，沾染死亡之气的黑雾破空而至。与此同时，原本还尚存一丝的天光也消匿不见，夜来得格外突然。

　　几点孤零零的寒星散落在天边闪烁，方景轩不动声色地收回凝视夜空的目光，破空而来的黑雾赫然在他眼前漂移，却不能再进一步。

　　夜色太深，凡人的眼睛或许看不到那团近在咫尺的黑雾，具霜却看得一清二楚，她几乎就要捂着嘴惊叫出声，可那团黑雾却停在方景轩鼻尖前一寸的位置，然后开始疯狂飘移消弭，到最后连渣渣都不剩。

　　具霜由惊吓转为惊讶，那一瞬间，她仿佛感受到方景轩身体里钻出什么奇怪的力量，一个回合就把那团黑雾干得连渣都不剩。具霜简直都要怀疑方景轩是不是传说中的大神转世，可这世间真的还有神的存在？

神是只停留在传说中的存在，传闻世间万物皆可成神，他是万物进化的最高形态，又脱离六界之外，甚至无人知晓，他是否真正存在。

想到这里，具霜又忍不住撇过头去，偷偷瞄了方景轩一眼，却不料对上了方景轩的目光。具霜先是一愣，隔了好久才回过味来，他这个眼神似乎又在嫌弃人啊……

具霜莫名觉得很憋屈，明明她这么惹人爱，这几天所遭到的嫌弃却比前一千年的总和都要来得多。

啧，真是个磨人的小凡人。

黑山道人的妖法被破，他的目光穿透青铜面具上两个深渊一样黑不见底的窟窿，直直盯在方景轩身上。

黑山道人脸上覆着厚重的青铜面具，又有妖力作为遮掩，具霜又怎么能看得到他此时此刻的表情，即便是脑补，也只能大致脑补出他脸上横卧一个大写的"卧槽"的画面，除此以外的东西皆脑补无能。

即便是持着一种看好戏的心态，具霜还是莫名觉得有些忐忑，特别是当黑山道人眼风从她身上扫过时，她手臂上甚至以肉眼可见的速度爬起了一层细密的鸡皮疙瘩。紧接着，她只听到黑山道人发出一声冷哼，两只苍白而消瘦的手"嗖"的一声探出斗篷飞快掐诀。

细细听去，还能听到他在振振有词地念着什么，然而他的声音太轻，方景轩所能听到的，仅仅是最后一个被拔高了的"破"字。

"破"字才溢出口，具霜就被吓个半死，从她的视角看去，只见一团比刚才还要大还要浓郁的黑雾像飓风一样席卷而来，其声势之大，简直要遮天蔽日。

然而谁让黑山道人爱装逼，一生放荡不羁酷爱黑，道号里有个黑字也就算了，住的地方也是一片焦黑似乎也能忍，可连妖法放出效果都弄成一团黑就装逼装大发了。于是在具霜以及黑山道人本人看来声势浩大的特效落入方景轩等凡人的眼里，除了觉得天变得更黑，前方又莫名其妙刮来了一阵妖风外，并没有任何特殊之处。

眼看死气就要扫荡而来，因等着看热闹而来不及躲避的具霜连忙蹲在了地上，然而想象中的疼痛并没有落在她身上。此时此刻的方景轩简直就像个人间杀器，那些死气还未靠近，离他尚有半米的距离时，就再也推进不了半寸，一缕一缕像炊烟似的消散。

这下具霜终于发现了方景轩身上的异常之处，他并非什么大神转世，而是——他拥有凡人纯阳之身！

拥有凡人纯阳之身的，乃是世间至阳之人，几乎可以说是黑山道人这种歪门邪道的终极克星。具霜虽然不走歪路，却也改不了她骨子里是妖的事实，她终于在这一刻弄明白，自己为什么会没来由地对方景轩怀有惧意，只因他是世间所有阴物的克星。

理清这一思路，具霜莫名觉得自己有了底气，再也不用惧怕黑山道人的她终于挺直了腰杆，看方景轩的眼神又多了一层深意，那生猛的眼神，简直像是要把方景轩直接拆吞入腹。

此时，方景轩正全神贯注地端视着那个在月色下跳大神的面具男，压根就分不出心神来搭理具霜。

方景轩只发觉面具男跳完一段大神后，天色又无端变暗了几分，与之相匹配的套餐是抽风一样乱刮的海风。

眼见自己的功法三番五次被方景轩化解，黑山道人简直气到七窍生烟，竟是直接放弃了远程攻击，一路飞驰而来。

他奔跑的速度很快，用迅如疾风来形容也不为过，具霜发觉他的用意之时，他已经离站在最前方的方景轩仅差半米的距离。具霜抓住方景轩的手，高呼了声："小心！"

"小心"两个字还没溢出口，黑山道人就像撞上了一块透明的玻璃似的，被弹出老远。

看得目瞪口呆的具霜连忙咽下那个"心"字，她目光刚要移至黑山道人身上，就察觉到一股灼热的视线在自己脸上游走。

方景轩挑着眉，目光又顺着具霜的脸一路下移，最终停留在具霜紧紧抓住他手腕的手掌上。

他似笑非笑："你又在勾引我，嗯？"

具霜被他那销魂的"嗯？"字雷得外焦里嫩，像被雷给劈到似的忙甩开他的手，却是再也不会问"你哪只眼睛看到我勾引你"这种蠢问题，而是当作一切都没发生，再度把话题转移到黑山道人身上。

她指着不甘心从地上爬起，又准备往方景轩身上攻击的黑山道人："咦，他又爬起来了！"

方景轩却是看都没看黑山道人一眼，眼神依旧锁定具霜，直至黑山道人再次冲上来，才微微侧目，睨了他一眼。

于此同时，黑山道人已经冲至上一次被弹开的位置，然而结果依旧是"砰"的一声被弹开，重重摔落在地上。

方景轩眼中依旧未起一丝波澜，却没了继续逗弄具霜的意思，而是从容不迫地、一步一步地逼近黑山道人。

随着方景轩的步步逼近，原本瘫倒在地的黑山道人就像打了鸡血似的，立马从地上弹了起来，也没即刻拔腿就逃，目光透过那青铜面具，小心翼翼地观察着方景轩，方景轩靠近一步，他便后退一步。

具霜心急如焚，再这么弄下去，方景轩非得发现黑山道人的身份不可，甚至弄不好，自己也可能会被拖累，从而暴露身份。

情急之下，她竟直接冲过去，一把拽住方景轩的胳膊。

方景轩骤然停止前进的步伐，回过头神色不明地望着她。

具霜被方景轩看得脊背发凉，在原地愣了将近两秒钟，才灵光一闪，不分青红皂白地指着黑山道人的鼻子一通乱骂："你们这种人真是社会败类，有手有脚不好好工作，就想着跟人敲诈勒索玩碰瓷！"

具霜分明察觉到方景轩在她说出"碰瓷"二字后，嘴角弯出了个细小的弧度，看她的眼神仿佛又多了点什么意味不明的东西。

具霜索性决定完全忽视他的眼神，干脆一不做二不休，咬牙拽着方景轩往后退："方先生，我们走，不要理这种社会人渣！"

具霜这谎撒得太拙劣，只要是个长了眼睛的，大概就能看出她有问题。

也不知道方景轩究竟是怎么想的，不但没戳穿她，反而出乎意料地听话。

具霜觉得压力更大，却已经摆出副死猪不怕开水烫的架势，昂首挺胸，一路拽着方景轩往前走。

　　具霜与方景轩走在前面，那个被方景轩派来拦截具霜、一直处于透明状态的西装男终于有了存在感。

　　他大有深意地回头看了一眼，码头上哪里还有黑山道人的踪影，仿佛先前所发生的一切都是错觉，那个奇怪的面具男就像从未出现过一样。

　　他犹自疑惑着，并未发现自己回头的一瞬间，方景轩其实也回头看了一眼，嘴角的弧度弯得越发大，就像已然洞察一切。

第二章

— 一只寂寞妖 —

1. 新来的怕是个女金刚吧！一言不合就掰断床上围栏是什么鬼！

经过这么一闹腾，具霜反倒觉得留在方景轩身边更安全，二话不说就点头答应了方景轩的提议。

两旁的景色在不停地倒退，具霜一棵野生土长的木芙蓉吹不来空调这种玩意儿，要死不活地贴在玻璃窗上，一脸哀怨地盯着方景轩，想以此让方景轩妥协，从而答应她开窗的请求。

想象是美好的，现实是残酷的，方景轩从进车厢起，整个人就跟青天大老爷似的敞开腿端坐在后排座上，从头到尾都板着张讨债脸，甚至都没用余光来扫视她一眼。

见此招不奏效，具霜又悄悄往方景轩身边靠了靠，演技浮夸地捂着胸口："为什么这么闷，为什么这么闷，我感觉自己就要窒息了！"

她的声音很甜很糯，最是适合撒娇卖萌，只是配上她如今过度夸大的痛苦表情，就莫名让人联想到了咆哮教主捂着自己脖子大声嘶吼"我仿佛快要窒息了"的表情包，正经如岳上青都没能憋住，"扑哧"一声笑了出来。

方景轩面上倒是仍保持一派平静，像那古井似的，未泛起一丝波澜。

岳上青就是方景轩派去拦截具霜的那个西装男人，他是方景轩的秘书，偶尔也会接替司机的职位，算得上是最能在方景轩面前说得上话的人物之一。他即刻敛去面上的笑意，让自己保持严肃，透过后视镜忙望了方景轩一眼，却不料这一眼恰好撞上方景轩的视线。

他并非莽撞之人，这一下虽然突然，他却未即刻收回，而是面露歉意地说了句："先生抱歉。"

方景轩微微颔首，面上依旧没任何表情。

具霜哪能坚持下去，早就从实力主演转变成吃瓜群众，单手托腮，若有所思地打量着方景轩、岳上青二人。

方景轩点头后就无任何动作，具霜看得无聊，又贴回了玻璃窗上，并且找准机会，偷偷把玻璃窗开了条缝。

凉风被玻璃窗的缝隙分割成一条细线，擦着具霜的头皮而过，虽然风力小了点，她仍是一脸惬意地眯着眼睛，享受这来之不易的自然之风。

爽不过三秒，她就莫名感觉自己头皮一麻，全身汗毛都在同一时间竖立起来，原来……是方景轩莫名其妙地朝她身上扫了一眼。

她一点一点抚平直立在自己手臂上的汗毛，边搓着手臂，边由衷感叹：啧，纯阳之身就是牛，一个眼神都能当作飞刀来使啊这是。

就在具霜思考着该不该搓大腿抚平腿毛时，一直保持沉默的方景轩终于发话了。

具霜算是已经习惯他锯嘴葫芦似的性格，所以当方景轩板着一张脸询问她的名字时，她也没觉得有啥地方不对劲，十分耿直地报出了自己的名字。

以前，她曾在北平那块待过一段时间，那儿也算是她在世俗中逗留时间最长的一次，中华上下五千年，中间不知换了多少朝多少代，每个朝代所普及的官话都不相同，即便具霜只活了千把年，那千把年间也换了几轮天，她之所以不喜欢出山混入人间见世面，最大的原因怕就是觉得学官话麻烦。

正因她在北平待的时间长，所以直至如今，她都会带些北方口音，字正腔圆，明明有一把很软很糯的嗓音，说话却总有一股说相声似的滑稽感。

具霜话音才落，方景轩就接了句："秋容不淡，拒霜已红。"

这是元朝文人的诗句，流传不广，他也是因为喜欢国学，才会知道这句，而后他又沉吟了片刻，才悠悠开口，继续道："你的名字可是拒霜花木芙蓉的谐音？"

具霜默默点头，她可不就是只木芙蓉花妖。

只不过她当初并没想这么多，知道木芙蓉花又名拒霜，就毫不犹豫帮自己取了个这样的名字，具姓虽不常见，可好歹也有这么个姓不是，在这千百年的岁月中倒是唬住了不少人类。

问完这句话，方景轩又没继续与她交谈的意思了，直接闭上了眼睛小憩。

具霜闲得慌，又把主意打到了岳上青身上。

她张口就来了句："岳先生，我们这是要去哪里呀？你们现在就送我去公司吗？"

岳上青的回复很简短，客套而疏离："现在先帮您安排住处，等处理完所有事宜，再送您去公司。"

"哦。"具霜一听到这话就感受到岳上青此人的无趣，突然没了继续和他交流下去的心思，又偷偷把车窗打开一点，贴在玻璃上吹冷风。

具霜被安排住进一家方氏集团旗下的酒店，一住就是三天。

三天后的一个清晨，她的房门突然被人敲响，岳上青抱着一堆文件突然登门造访。

抱着花盆坐在飘窗上进行光合作用的具霜满脸震惊，她颤颤巍巍地指着岳上青手中文件："这是要干什么？"

岳上青仍是一副温文尔雅的样子，只是相比三天前方景轩在的时候，他看具霜的眼神里又多了几分傲气，又或者说是，多了些许瞧不起的意思。

具霜平日里看上去疯疯癫癫没个正经，心思却透亮得紧，她即刻敛去流露在表面的情绪，不动声色地将岳上青打量一番。

岳上青神色未有多少变化，将那沓文件放置在茶几上，又轻描淡写地说了句："你慢慢看，该签字的签字，下午四点钟我再接你去公司。"

具霜扫了一眼摆放在桌上的文件，只问了句："方景轩呢？"

果不其然，她话音才落下，岳上青脸色就有了些许变化，眼神中似带着些许冷意，虽只是一闪而过，还是成功被具霜所捕捉。

　　于是，具霜扬了扬嘴角，又重复那句："方景轩呢，怎么只有你一个人来呀？"

　　纵使岳上青再不喜欢具霜，也不会这么轻易表露出来，很快他就收拾好情绪，仍旧用那极其官方的语气告知具霜，方景轩公务繁忙，最后还刻意强调了句，没有时间来处理琐碎的小事。

　　具霜并没接话，开始兴味索然地翻起了摆放在茶几上的文件。

　　原来那个意外毁容的女艺人原本是方景轩旗下娱乐公司花重金打造的女团成员，在女团中占据极其重要的地位，是整个女团的门面担当，她的毁容给整个女团带来了难以想象的重创。资料上一直强调该毁容女艺人的重要性，反倒让具霜觉得更奇怪，她才不相信这么大一个娱乐公司还找不到可以替代那个女艺人的练习生，半路找她来顶替本来就让人觉得奇怪，现在还这么着重强调那个女艺人的重要性，只会更加让人觉得他们在玩什么高深的套路。

　　具霜不怕套路，也不怕被人阴，只要身份不被识破，不是方景轩刻意把她拐来，再请个道士挖她内丹什么的，不管出什么事，她都能轻易跑路。

这正是具霜临阵倒戈的另一个原因。

说好下午四点来接具霜的岳上青足足提前了半个小时来接她。

看了那沓文件的具霜对 ZY 公司也算是颇有些了解，全国最大的造星工厂之一，现今娱乐圈里的"当红炸子鸡"几乎都是从 ZY 公司走出来的，具霜即将加入的那个女团"GMF"更是还没出道就已万众瞩目，几乎人人知晓它是 ZY 公司的野心之作，ZY 公司也从未避讳，从选拔出五个正式成员后就一直与外界扬言，他们将要打造一个史无前例的女子天团。

具霜抵达 ZY 公司宿舍已是傍晚。

方景轩派岳上青送她过来，一方面是他们俩已经不算陌生，另一方面则有刻意替她镇场子的意味，具霜又怎么看不出来，奈何天不遂人愿，具霜赶到宿舍的时候，没一个室友在场。

岳上青朝具霜微微一笑："坐了好几个小时的车也该累了，我先带你去吃个饭，早点回来休息。"

具霜是妖，还是可以不吃不喝，只吸收日月精华喝喝露水就能活的草木类，她原本是不需要吃东西的，但不想让岳上青起疑心，整理完自己的东西，她就和岳上青一起出去了。

一顿饭下来，具霜终于明白，岳上青为什么能在方景轩这种锯嘴葫芦 BOSS 手下混得开，撇开学历外貌这等外在因素不讲，岳上青此人当真是体贴入微，润物细无声，若不是从一开始就对岳上青这人存了偏见，具霜觉得自己大概也会忍不住对他心生好感。

具霜一直以来都觉得，无论是人还是妖都不能单纯地区分为有趣和无趣两类，只要有心，任何人或者妖都能变得有趣，关键在于他愿不愿意对你那么做。

很显然，具霜是不愿意这么对岳上青做的，而岳上青亦如此，于是两人吃的这顿饭就无端变得尴尬起来，饭后简单地与岳上青聊了几句，具霜就拎着几瓶矿泉水回到了宿舍楼。

空荡荡的宿舍里依旧不见半个人影，具霜拧开一瓶矿泉水给龙兰浇了些水，就准备洗漱爬到床上去睡觉。

ZY 公司的福利待遇很好，一般情况下艺人都是住两人居的单间，GMF 情况有所不同，她们正好只有五个人，无论怎么分配房间都会有一个人落单，于是她们的房间便被改造成了超大型的上下铺宿舍，五个人统统住在一间房里，房间里还设有各类娱乐设施，供她们消遣。

具霜来得晚，下铺全都被人占据，当她洗漱完毕，准备爬上床去休息时，却赫然摸到一张便利贴小字条，上面工工整整用黑色中性笔写了一段话。

致新来的上铺室友：

　　作为一个 GMF 老人本不该跟你计较那么多，但是，身为你的下铺，我希望你能明白，有些东西不能随意乱放，例如那盆被你摆在我柜子上的草，除此以外，我希望你每天上下床都不要碰到我的床，我有轻微洁癖，不喜欢被人碰到自己的床上用品，至于你该怎么爬上去，这种问题就不需要我来替你思考。

你的下铺

　　具霜还不屑于玩这种无聊的把戏，看到这种幼稚玩意儿她只觉莫名其妙。

　　就在她盯着小字条看的时候，屋外突然传来一阵敲门声，岳上青不知怎么又折了回来，递给具霜一袋生活必需品。他视线落在具霜手中字条上，还没看清纸上内容，具霜就将那字条揉成一团丢在地上，浑然不在意地弯起嘴角："真无聊。"

　　岳上青并没多问什么，视线却不自觉瞟到具霜的下铺，除了江映画，大概也没人幼稚到写这种东西。

　　而他偏偏就奈何不了她。

　　悠悠收回视线，岳上青弯了弯嘴角："东西我帮你放到柜子里，有事再联系我。"

　　具霜肩上的伤尚未痊愈，她看似活蹦乱跳，实则虚得很。除了吸收天地灵气以及嗑药吃大补之物，睡觉是一个最好的疗伤方式。具霜才沾到床就睡得不省人事。

　　晚上十二点钟左右，具霜耳边突然传来一阵嘈杂之声，有人在大声喧哗，有人在高声播放流行摇滚歌曲，这些声音最终都被一个隐隐带着怒气的女声压下。

　　半睡半醒间，具霜只听一道尖锐的女声在自己耳旁响起："这盆草怎么还没被拿走！"

　　具霜豁然惊醒，猛地从床上弹起，却看见一个趾高气扬的中短发女孩高高举起装了龙兰元身的花盆，就要砸下去。

　　具霜面无表情地望着那女孩，眼睛眯了眯，而后四个女孩只听到"当"的一声巨响，具霜床边上的栏杆竟然就这么被掰断，掉到了地上。

　　一瞬间万籁俱静，四个女孩全都被吓得愣在原地，那个举着花盆的女孩更是手一抖，差点就真把花盆给砸了。

　　具霜的声音凉凉传来："还砸吗？"

　　手捧花盆的女孩没敢接话，依旧维持着刚才的姿势。

　　具霜嘴角漫开笑意："你应该知道自己该怎么做。"

果然，女孩一听到具霜的声音，就颤颤巍巍地把花盆放回原处。具霜满意地瞥了她一眼，盖上被子躺回床上接着睡。

这四个女孩像是还没缓过神来，隔了很久，那想砸花盆的女孩才拍着胸脯，压低了声音吐槽："新来的怕是个女金刚吧！一言不合就掰断床上围栏是什么鬼！"

2. 所以，到底哪一个才是真正的你?

具霜这么一闹腾所导致的后果自然是，所有人都把她当怪物一样孤立。

她也乐得清闲，没人来骚扰她最好不过。

为了不让人起疑心，具霜也会在中午的时候跑去食堂假装吃个饭，她抱着种了龙兰元身的花盆站在窗口看了老半天，终于，面色痛苦地对打饭大妈说："请问你们这里有没有纯肉食，不加一点素的菜？"

打饭大妈操着一口塑料普通话，语重心长地教导着："小姑娘啊，你怎么能这么挑食呢，全吃肉对身体不好的呀，电视里都说要多吃蔬菜少吃肉，补充那个什么 ABC……"

具霜莫名觉得很囧，打饭大妈却已经自作主张地帮她在饭盆里打了两素一荤，还附赠一碗排骨汤。

具霜一脸惆怅地盯着饭盆里的绿色蔬菜看了老半天，实在没法下口，这凶残程度不亚于一个人类坐在餐桌前凝视红烧人肉。

具霜长叹一口气，一点点挑出碗中绿色植物，又勉强往嘴里塞了块肉。还没嚼完咽下去，她就发现自己面前赫然多了一双手，视线顺着那双经脉微微隆起的手一路上移，先是剪裁精良的西装领，然后是修长的脖颈，最后对上岳上青的眼睛。

她手中动作一滞，犹自思考着岳上青突然出现是要干吗，下一刻就听岳上青说："听映画讲，你昨晚一来就把大伙都吓到了。"

具霜瞬间明了，敢情是来兴师问罪的。

啧，这可真是简单不啰唆，开门见山哪。

她没有即刻回答，依旧盯着岳上青的眼睛，慢吞吞咀嚼着嘴里的牛肉，从第一次咀嚼到将牛肉咽下食道，这个过程几乎花了三分钟。岳上青神色已经有了变化，却仍在等待具霜回答。

咽下牛肉的具霜不紧不慢地舔了舔嘴角，睁大一双微微上挑的眼睛，一副人畜无害的模样："我也不知道床边上的栏杆怎么就自己掉下去了，睡觉的时候还一直担心自己会不会掉下去呢。"

岳上青低头沉思，嘴唇动了动，似乎有话要说。

具霜偏不给他说话的机会，又刻意装出副受到惊吓的样子："难道有人说，那个围栏是我刻意弄断的？"

她的演技可谓是浮夸又拙劣，换谁看了，都会觉得她在装。

岳上青拧着眉不说话，只面色不善地望着她。

具霜伪白兔的神情在顷刻间悉数散尽，她右手捏着筷子无聊地在碗里戳来戳去，左手捂着嘴打了个哈欠，又换了副懒洋洋的模样："看来岳秘书是不相信我的话咯。"

岳上青紧紧抿着唇，不置可否。

具霜嘴角又扬起一丝笑意，她直视岳上青的眼睛，话语里尽显讽刺之意："所以……你真觉得我这种普通女孩能一下把护栏弄断？"

在岳上青问出这话的一瞬间，具霜就已猜到定是那个叫映画的女孩跑去告了状。

她能猜到那个叫映画的女孩十有八九就是昨天准备砸花盆的那个，昨天那个女孩留下的字条他必然也看到了，却直接选择无视，反倒在今天替那个女孩出头，傻子都能看出他和那个女孩之间有着不寻常的关系，即便她再有理，在他那里也只能变成无理。

毕竟当一个人想要选择性失明时，他就跟真瞎没什么区别。

具霜懒得与一个瞎子解释这些上不了台面的幼稚东西，与其说上一堆根本不会被人听到耳朵里的话，倒不如替自己出口气。

果然，具霜话音才落下，岳上青就陷入了沉思。

这一刻，他竟莫名觉得具霜这话说得有道理。

他们公司的床架子全都是实木的，别说直接拿手掰，即便是拿大铁锤去抢都不一定能让其松动。

思及此，他不禁扬起唇讽刺一笑，果然一遇上江映画的事，他就会完全失去分寸。

具霜饶有兴致地看着他神态一而再再而三地变，又挑起一块形状看起来还比较可爱的肉塞进嘴里，声音含混不清，隐隐带着笑意："岳秘书要是没别的事，我就回去睡觉啦，下午还有排练呢。"

也不等岳上青回复，她就已经抱着花盆走出好几米远。

岳上青回头神色不明地望了她一眼，却见她步伐轻快，一副心情很好的样子。

具霜离食堂门尚有一段距离，才要推门走出去，就见江映画与方景轩并肩走来。

方景轩依旧是那张万年不变的死人脸，白长了一副好皮囊。

至于那个叫江映画的女孩，一路走来，眼睛就没离开过方景轩，只差举着个牌子告诉所有人："我爱这个霸道总裁。"

具霜身形一顿，嘴角不自觉扬起，她似乎发现了什么有意思的东西，想到这里，她回过头去望了岳上青一眼，果不其然，他此时此刻也正回头盯着江映画。

许是具霜的目光太过"炙热"，才被具霜看了不过一秒钟的时间，岳上青就赫然将视线从江映画身上抽离，转而迎上具霜的视线。

具霜嘴角弧度弯得更大，送给岳上青一个讳莫如深的眼神，方才敛去面上所有笑意，推开玻璃门径直走了出去。

岳上青心脏猛地一抽，他直觉具霜要做什么不好的事情，立马从座位上弹起，冲到食堂外。

岳上青赶到食堂外的时候，具霜正抱着那盆墨兰在与方景轩交谈着什么，江映画面色阴晴不定地站在一旁，无论是她紧紧抿成一条线的嘴唇，还是紧握成拳的手，都在向他传递一个讯息，她此时此刻很不爽。

瞧见岳上青走近了，具霜笑得越发璀璨，甚至还故作天真地朝他眨了眨眼："咦，岳秘书看起来好急切的样子，是有急事找方总吗？怎么跑得这么急，脖子上都流汗了呢。"

岳上青紧紧盯着具霜的眼睛，刚要说话，又听具霜对方景轩说："真的，您真要跟食堂提议，得多做些纯肉类的菜，咱们公司都是些靠体力吃饭的，不多吃些肉哪儿来的力气跳舞呀。"

方景轩的神色终于有了变化，脸色冷得吓人，眼看他就要爆发，具霜连忙又说："看来你们真有事要谈呢，那我就不打扰啦。"

整句话还没说完，具霜就蹦出老远，末了还朝岳上青送去一个不怀好意的笑。

这么短的时间内，她能折腾出什么？

岳上青算是明白了，她是因为今天的事而对自己感到不满，刻意整治自己。

思及此，他又不禁觉得苦涩，啧，他什么时候变成这副德行了。

具霜边走边脑补了一部狗血三角恋，痴心秘书爱小明星，小明星心系霸道总裁，啊！简直比电视剧都要来得狗血有趣！

怀着这样激动的心情回到宿舍，导致具霜一不小心就给龙兰元身多浇了好多水，差点把墨兰的根都给泡烂了。

具霜身上的伤一点一点愈合，随着伤口的愈合，她身上受阻的妖力似乎也有恢复正常运行的趋势。

她渐渐能使些简单的妖术，却依旧与从前相差甚远，更令她担心的是黑山道人，不知道为什么，她总有一种不安的感觉，感觉黑山道人肯定离自己不远，说不定已经追到了桐川市。

想到这里，她又不禁感到忧心忡忡，龙兰也不知道要多久才能再度化成人形，凭她一人之力又怎么斗得过黑山道人。

日子就这么不咸不淡地过着，那个叫江映画的女孩也没再惹出什么幺蛾子，只是依旧没有人亲近具霜。具霜为了加快伤口愈合，除了平常的各项训练，她几乎都是瘫在床上睡觉度过的。

三个月很快就过去，离 GMF 出道的时间越来越近。

首演发布会的前一个夜晚，组合里其余四个女孩全都没回宿舍，看来是终于有所动作了。

具霜睡前最后给龙兰元身浇了一次水，黑暗笼罩下来，覆盖住具霜嘴角弯起的笑意。

大概是这样的日子过得太无聊了，具霜不禁躺在床上开始胡思乱想。

那几个女孩会做出些什么事呢？

会往她的鞋子里丢图钉，还是会把她的演出服剪烂？

啧，上床前怎么就忘了检查演出服呢，现在再跑下去真麻烦。

咦，既然她们全部都消失了，难道是首演发布会有什么变动，刻意全部躲着不通知自己？

一想到天亮了就会有人害自己，具霜就觉得自己激动得要睡不着了。

果然是一只寂寞的妖啊。

第二天早上，具霜是被经纪人的电话吵醒的。

她们团的经纪人是个三十来岁的女人，一头利落的齐耳短发，说话做事绝不拖泥带水，永远与人强调两个字"效率"。

具霜才迷迷糊糊地接通电话，电话那头的经纪人就问道："你现在在哪里？"

具霜完全被这公式化的干巴巴女声弄清醒了，她想都没想就说："宿舍。"

电话那头又问："有没有人通知你改时间和地方了？"

具霜摇头，道："没有。"

那头很快就接上："很好，我待会儿把地址发到你手机上，你照着那个地址过来，别的事等首演发布会结束再解决。"

具霜还没回答，那头就已经掐断电话，收件箱里立刻收到一条新短信。

具霜点开那条短信，兴味索然地撇了撇嘴："真没创意，生活就不能多来些意外吗？"

她毕竟还窝在这里混饭吃，吐槽完毕的她没有多做逗留，即刻跳下床，打开衣柜翻找与组合里其余四人相同款式的白色礼服，当那件礼服以破布的形式呈现在她眼前时，她又忍不住抽了抽嘴角："全都猜中了！这也太恶俗没创意了吧！"

她随手把那团破布状的礼服丢进垃圾篓里，翻出一条她曾在游轮上穿过的浅樱色斜肩礼服。

她元身本是一株木芙蓉花，最适合穿这种粉色系衣服，她站在落地镜前仔细将自己打量一番，立即抱起那盆墨兰望向窗外，再三确认窗外没有人后，直接撩起裙子爬上飘窗。

她们宿舍虽是电梯房，但从宿舍大门再绕到公司门口却十分麻烦，要浪费掉不少时间，直接从这里跳出围栏外，可以节约二十分钟的时间，正因如此，具霜才会毫不犹豫地爬上飘窗，准备直接跳下去。

她紧紧抱着怀中墨兰，纵身往窗外一跃，浅樱色的长款晚礼服霎时在半空中开出一朵娇艳的拒霜花。

她的身体仿佛在顷刻间失去了重量，就像一朵真正的拒霜花在随风飘舞，然而下坠的速度却比飘花的速度不知快上多少倍。

这是一种不知该用怎样的语言来形容的神奇体验，她仅仅用了不到六秒钟的时间就从十二楼落到了地面。

只是她身上的伤终究没能全部愈合，体内妖力也在疯狂运转五息以后回到滞留状态，于是最后一秒的时间，具霜"哎呀"一声砸在了地上。

与此同时，一辆尊贵典雅的黑色迈巴赫急速驶来，在具霜落地的一瞬间急速刹车。

端坐在后排闭目养神的方景轩赫然睁开眼睛，他还未发话，紧握住方向盘的岳上青就已经开口解释："先生，刚刚似乎有个东西从天上掉了下来。"

方景轩微微颔首："你下去看看。"话音才落，眼睛又再度闭上。

岳上青点头称是，刚解开安全带，就看到一个披头散发的女人以一种诡异的姿势从地上爬起来，睁大一双微微上挑的桃花眼，透过发丝与发丝间的缝隙，正恶狠狠地瞪着他。

岳上青心中一悸，片刻以后才凭借那女人牢牢抱在怀中的花盆辨认出女人的身份——具霜。

岳上青盯着前方，半天都没动作，察觉到事态不对的方景轩再度睁开眼，这一眼只看见穿樱粉色斜肩礼服的具霜抱着花盆径直朝自己走来。

"砰砰砰——"具霜笑吟吟地站在车外敲车窗，朝方景轩比了比手势，示意他开窗。

车窗被缓缓摇下，方景轩目不斜视，直截了当地吐出两个字："上车。"

具霜被其余四人使绊子的事早就落入方景轩耳中，方景轩淡淡瞥了具霜一眼："服装坏了？"

　　具霜也不隐瞒："嗯，找到的时候已经变成一团破布。"

　　短暂的交流后，车厢内再度陷入沉默，方景轩仍旧靠在椅子上闭目养神，具霜则盯着怀中的墨兰发呆，岳上青时不时透过后视镜观察具霜的表情。

　　这件事看似只是成员间的小打小闹，闹得严重甚至能够直接影响到整个团队，具霜若有心闹事，只怕会很不好收场，只是……他突然觉得自己有些看不透具霜，莫名觉得这个女孩有些高深莫测。

　　他也不知道自己为什么会用这样的词来形容具霜，又或许这种感觉从初次见面的时候就已存在，总之，这个女孩身上藏了太多的秘密，她看似神经质，却又精明狡猾，能于无形之中整你，可当你真正以为她就是只狐狸的时候，她又能让你产生出一种她明明只是只逗比哈士奇的感觉。

　　所以，到底哪一个才是真正的你？

第三章

— 你喜欢谁呀 —

1.她托腮思索了老半天，也只能把一切归咎于今晚是月圆之夜。

首演发布会原本定在上午十点，时间一点一点流逝，离发布会的时间越来越近，具霜却仍未出现。

已经化好妆，在化妆室候场的江映画无聊到又重新补了遍妆，却还没等到具霜，她边玩手机边与一个短头发的女孩说："奇怪，这个具霜怎么还没过来，你们都没通知她换地方了吗？"

短发女孩神神秘秘地朝江映画一笑："对啊，就当给她个教训，省得她一天到晚不知天高地厚……"

短发女孩话还没说完，江映画就把捏在手里的手机给砸了："你们是一群傻逼啊！我们是一个团体，一个组合好不好！少了任何一个人都没办法上台演出啊！"

短发女孩被吓了一跳，另外两个女孩原本还想上前邀功，告诉江映画，具霜的演出服也被她们给剪了，看到她这反应，即刻噤了声。

江映画还想继续发火骂人，化妆室的门却被经纪人推开，她目光锐利地扫视四人一眼，只简单问了句："全部准备好没有？"

四个女孩自然开口应"是"，她又说了句："准备好了就赶紧上台。"

江映画脸色一变："难道具霜已经到了？"

经纪人神色不明地瞥了她一眼，淡淡应了声："嗯，已经站在台上了。"

江映画等人赶到现场时，第一眼就看到这样一幕，西装挺括的方景轩挽着具霜谈笑风生，仿佛她们这后赶来的四个就是凑数衬托具霜的。巨大的落差让江映画的心瞬间揪了起来，这一晚，她整个人都处于一种灵魂游离在躯壳之外的状态。

不仅仅是具霜一个人抢走了她们所有人的风头，最主要的是，江映画与方景轩相识十二年，她从未见过方景轩流露出这样的表情。

在她的记忆中，方景轩从来都是不苟言笑且淡漠的，遗世独立，就好似那高岭之花。

从头至尾她的眼睛都未离开过方景轩，他每扬起一次嘴角，对具霜流露出一分笑意，她便觉得心口疼上一分，就像有人拿着生了锈的钝刀子在她的胸腔一刀一刀地割。

她不知道自己是怎样熬过这样一个漫长的发布会的，她只知道她喜欢了十二年、追逐了十二年的景轩哥哥要被人抢走了。

这场发布会具霜成了当之无愧的大赢家，从方景轩亲自领着她出场，再到她与组合中另外四个女孩截然不同的服饰，几乎所有人都把她当作这场发布会的主角，现场媒体的话筒都对准了她，提出的问题却一个比一个难搞。

具霜全程保持微笑，机智地与那群记者打着太极，心中白眼却已翻破天际，只想甩开这群聒噪的凡人一把冲出去。

与记者周旋了近一个半小时，具霜终于用光了她本就少得可怜的耐心。

再加上那长着媒婆痣的男记者又问了个让人费神的问题："具小姐，听说在你来之前原本是另一个女孩担当 GMF 门面的，你觉得她的毁容是否真出自意外？"

媒婆痣记者这个问题可谓是问得歹毒至极，无论具霜怎么回答都不得善终。

他这话一落下，现场可谓是万籁俱静，全都虎视眈眈地盯着具霜，一个个像是想将她生吞活剥。

被记者们挤到边边角上的经纪人急得满头大汗。

媒婆痣记者所在的媒体向来与 ZY 公司不和，这些年总是想尽办法来黑 ZY，他能问出这样的话，经纪人并不感到意外，现在只是担忧具霜究竟会怎么回答。

具霜是真被这媒婆痣记者把所有好脾气都给磨尽了，她终于敛去那几乎都要扭曲的笑容，神色有些微妙地瞥着媒婆痣记者，最终还是弯起嘴角笑了笑，只是这一笑着实带着些恶意，她不答，反问记者："那请问您希望我怎么回答呢？"

媒婆痣记者着实没料到具霜还有这么一手。

他能希望具霜怎么回答，自然是不管怎么回答都能被黑呗。

具霜这么一说倒是给出了个最佳答案，媒婆痣记者不死心，仗着自己脸皮厚，又抛出个重量级的问题："请问具小姐您与贵公司 CEO 究竟有何关系，为何只有您有总裁亲自护送的待遇，其他四名成员对此又持怎样的态度？"

具霜这下是真有些把持不住了，可当她一看到与岳上青站在一排、并且一本正经板着个讨债脸的方景轩，她就生生憋住了那口气，心中默默念了句"吃得苦中苦，方为妖上妖"，旋即，脸上又挤出一抹笑，却仍不准备直接回答，而是选择直接甩锅："这个问题问她们或许会有更直观的答案哦。"

　　媒婆痣记者也不是吃素的，立马给具霜扣帽子："所以具小姐您这是准备甩锅吗？"

　　具霜托着腮帮子，直言不讳："哎呀，这都被你看出来了。"

　　媒婆痣记者这下真被噎住，不知道该怎么接具霜的话，一直站在旁边呈吃瓜群众状的方景轩倒是主动把锅给扛了过去。

　　大伙见从不接受任何采访的方总裁那儿有料可挖，纷纷转移，瞬间把方景轩给堵了个水泄不通。具霜自然趁机溜到经纪人身边，准备静观好戏，然而她却忘了方景轩的特性，他就是个十足的锯嘴葫芦！

　　没过多久，那些被引过去的记者才后知后觉地发觉似乎不小心上当了……

　　除了那句把他们引过去的话，方总裁全程进入静音状态，在场记者痛心疾首，连他的嘴都撬不开，更何况是挖料，就在他们全部想通，准备临时换目标之际才发觉，GMF 的成员们都已经消失不见了。

保姆车上全程氛围都很微妙，没有一个人开口说话。

经纪人扶了扶金丝边眼镜，眼神一直在江映画等四人身上转："我不希望下次还有同样的事情发生在 GMF。"

具霜心不在焉地把玩着花盆，冷不丁听到这么一句话，她下意识朝经纪人那边望过去，这一下恰好撞上经纪人的视线，只是两人都没说话。具霜觉得莫名其妙，又悠悠收回目光，继续把玩着那个花盆，然后她又无故躺着中了一枪，经纪人的声音清晰可闻地传入她耳朵里："同时我也要奉劝你们中有些人，与其整天弄些歪心思，不如好好提升自己。"

这话乍听像是依旧在告诫另外四个成员，具霜却能清楚地感受到经纪人的眼睛一直在往她这边瞥。

具霜如今这种状况，换谁都会觉得她与方景轩有什么说不清道不明的关系。具霜倒是皮厚，无论别人怎么想，对她都没影响，她甚至还能换个角度去想，觉得自己本来就动机不纯，还想着，若是有机会，她肯定得死赖在方景轩身边寸步不离的，而今只是没找到机会罢了，真是一刻不待在总裁大大身边她就觉得没有安全感，生怕黑山道人会突然冒出来复仇。

她们回到公司已经是晚上八点半了，具霜没去食堂吃晚饭，宿舍里的矿泉水也还够用，她索性直接抱着花盆跑回宿舍了。

她刚把花盆放到柜子上，还没来得及换衣服，宿舍门就"砰"的一声被人推开。江映画气势汹汹地走来，再也顾不上自己是否打得赢具霜，一把揪住她的斜肩礼服，冷声质问："你和景轩哥究竟什么关系？"

具霜神色不变，从容不迫地迎上江映画的视线，涂了樱桃色口红的嘴唇微微扬起，也不说话，只挑眉望着江映画，半晌以后，才似笑非笑地问："那你跟他又是什么关系？"

江映画与方景轩能有什么关系，不过是青梅竹马而已，两家人从上一代开始便有合作关系，说是世交也不为过，只是一直以来都是落花有意流水无情。江映画喜欢方景轩十余年，打读初中她情窦初开的那一刻，就下了决心，这辈子只要方景轩一人，方景轩倒像是把她当作妹妹来看待，虽一直在照顾她，却都刻意疏远拉开距离。

江映画气得脸色涨红，她又怎会不知道自己根本没有立场说这样的话，可她就是气不过，凭什么她守着景轩哥这么多年都没有结果，这个不知道从哪里冒出来的野女人一出现就能享受景轩哥的特殊照顾，她承认，她就是嫉妒，她就是不想让这个女人好过！

江映画不知道该怎样接具霜的话，具霜却一把拍开她的手，径直走进洗手间换睡衣。

才穿好睡衣，具霜就听到门外传来一阵陶瓷碎裂的声音，具霜眉头一紧，立刻冲出浴室，却见那个花盆四分五裂地躺在地上。江映画红着眼睛望向站在浴室门口冷冷注视自己的具霜，像是还没发完脾气，目光又锁定那株枝繁叶茂的墨兰，意味不明。

江映画尚在犹豫，该不该把事情做得这么绝，就见具霜朝她冷冷一笑，像是突然变了个人一样，整个人像是在一瞬之间变得凌厉起来，眼角眉梢都染上了慑人的杀气。

江映画莫名觉得毛骨悚然，觉得具霜像是想将她生吞活剥似的，她终究还是下不了决心，没那个勇气。

当她准备就此放弃的时候，却见具霜冷着脸径直朝她走来，她下意识往旁边挪了挪，然而具霜似乎并没有把她放在眼里，而是蹲身捡起那株兰花，神色不明地望向窗外。

圆月不知何时挂上树梢，具霜视线穿过落地窗，定格在皎洁的满月上。

她竟忘了今晚又是一个月圆之夜。

月古称太阴，与至阳之物太阳相对立，自是至阴之物。

天下妖物皆属阴，除却那些大能者，多多少少会受满月的影响而妖气大盛，妖气大盛所导致的结果就是会让一个平常温顺的妖突然变得嗜血滥杀。

妖者五百年集小成，千年集大成，具霜修行至今整整一千年，勉强也能算得上是个大妖魔，原本她完全不必担心自己会突然失控，而今却因身受重伤而导致妖力受阻，这种情况下的她完全不能保证可以克制住自己。

她又深深望了眼窗外的满月，却是二话不说，就捏着那株墨兰冲了出去，只留下一脸呆愣的室友们依旧傻站在那里。

具霜的身体完全融入月色中。

她可以清楚地感受到，有磅礴的妖力在自己体内汹涌奔腾，就像江河入海一样在自己经脉中游淌。

夜色中她齐肩的发瞬间暴涨至脚踝，原本就上挑的眉眼变得越发妖艳，殷红的妖纹像藤蔓般爬满她的身体。她咬紧牙关，克制住自己想对月嘶吼的冲动，一路御风而行往偏僻的地方钻。

从她身上散逸的妖气被风送出很远。

桐川市城西郊区，戴着昆仑奴面具的黑山道人伸手握住一缕清风，阴冷的声音随风散入夜里："抓住你了！"

那团黑气像是长了眼睛，一直阴魂不散地跟在具霜身后追。

具霜已经被那黑气追着跑了大半个晚上，一路从东城区跑至西城区，又从西城区跑至北城区。

桐川市北城区向来都有富人区之称，虽然有些偏僻，却是高档别墅区密布之地，这里背靠罗霄山，又有大片森林四散分布，环境宜人，空气清新，难怪会成为富人聚集地。

具霜被那团黑气追得精疲力竭，就在她心生绝望，准备正面迎上那团黑气之际，无故感受到某栋别墅中传来一股至阳之气。

具霜虽也是属阴的妖物，却是妖物中难得的清修者，顾名思义就是那种想要靠自己的修炼位列仙班的妖类，她的身子虽然依旧没能摆脱妖身，却不像寻常的妖怪那样惧怕至阳之物。黑山道人却不同，他已经超出一般妖物的范畴，是至阴至邪的魔物，最怕的就是至阳之物。

一心只想摆脱黑山道人的具霜也没多想什么，即刻调整方向，御风飞往那栋阳气鼎盛的别墅。

身后黑气仿佛猜出具霜意图，突然加快了速度。

眼看就要逼近那栋别墅了，具霜却猛然察觉那团黑气正在快速逼近。

近了！近了！

她离别墅越来越近，那团黑气亦离她越来越近，几乎就要触到她背部。

千钧一发之际，那栋别墅的门却猛地被人从内推开，具霜脚下一滞，她竟然看到了方景轩！

与此同时，那团黑气豁然消散在夜色中。

具霜仍维持那个急速前进的动作，却因为她的一时分神而落到了地面。

好在方景轩推门看到具霜的时候，她几乎是紧贴地面的状态，否则真不知道该怎么解释，她咋就飞起来了。

方景轩静默无语地站在门口看了她很久，她咧开嘴干笑："咱们真是有缘人啊，跑个步都能偶遇。"

方景轩显然没相信她的措辞。

具霜也不见外，索性"噔噔噔"跑了过去，笑意甜甜地望着方景轩："那个……其实我，跑着跑着就好像迷路了，你能发发善心收留我吗？"

方景轩神色不变，目光从她脸上一路扫至脚踝，终于开口："脸和头发。"

具霜愣了愣，才想起自己现在是妖化后的状态，顿了顿，她笑意更甚，一双眼睛几乎都要弯成两条缝。

"你信不信我会在月圆之夜变身？其实我的真身是狼人，哈哈哈！"

方景轩用看白痴的眼神瞥了具霜一眼，转身就往屋内走，于是具霜郁闷了："所以您是准备收留我呢？还是不准备收留我呢？"

话虽这么说，她却已经毫不客气地关门走了进去。

在此之前，具霜虽然也怀疑过方景轩是纯阳之身，却从未见过他像个小太阳似的释放阳气的样子，只觉得他除了气质和长相完全不相符外，并无任何异常之处。

她托腮思索了老半天，也只能把一切归咎于今晚是月圆之夜。

这解释虽有些牵强，仔细想想，似乎也有那么一点道理。

月圆之夜，乃是阴气最盛之时，阳气重的他自然就容易被凸显出，又或者说，正因为四周阴气太盛，本是纯阳之体的他才会阳气外放由此来抵御邪祟。

具霜犹自在分析自己没能第一时间发现方景轩是纯阳之身的原因，却听到方景轩的声音幽幽传来："还要看多久？"

具霜却没有收回视线的意思，依旧目光灼灼，嘴里夸着："总裁长得好看，具霜百看不厌。"心里却在想，这下可算是找到了个大靠山，打死都不能撒手，得紧紧抱住这条粗大腿。

她心不在焉地说出这么一番话，丝毫没意识到自己根本就是在调戏方景轩，等她意识到自己说了什么时，已酿成大祸。

方景轩危险地眯起眼："你这是在调戏我？"

具霜摇头摇得像拨浪鼓，竖起两根手指："我发誓，我绝对没有要亵渎您的意思！"

方景轩眼睛仍旧眯起，身上寒意却消散大半："哦？那你究竟是什么意思？"

具霜哪能说实话，自然对着他一顿乱夸，说得天花乱坠，简直要把他夸成潘安在世。

于是，方景轩脸上又聚起一层寒霜："所以，你觉得我是徒有其表的小白脸？"

具霜叹了口气，很是幽怨："总裁大大，有没有人说过，你真的很不好哄？"

方景轩嘴角扬了扬："你是第一个。"

通常小说和电视剧里面出现这种台词的时候，接下来都会发生些不同寻常的事，所以具霜听之异常兴奋，连忙问道："所以呢？"

"所以赶紧把这身破破烂烂的衣服换了去睡觉！"

"哎？"具霜小声嘟囔着，"剧情不该这么发展啊。"

方景轩懒得搭理她，傲娇地径直上了楼梯。

具霜这才又后知后觉地发现一个问题："总裁大大！你刚刚

那句话好长哦，居然中途没换气呢！"

2. 以爱为名的掠夺往往最让人嫌弃。

第二天早上，具霜是和方景轩一起去上班的。

这个消息很快传遍整个 ZY 公司，所有人都在感叹具霜好手段的时候，具霜正灰头土脸地蹲在花坛里刨土，丝毫不像传说中狐狸精的样子。

当她把龙兰元身种在一个崭新的花盆里回到宿舍的时候，组合其他四人正躺在床上一起刷微博。

她一进来就听到江映画的吐槽："真有人觉得具霜全团最好看？什么审美，就她那腿短胸平的样子还叫好看！真的是村通网，什么品位的人都有！"

另外三个女生缄默不语，具霜默默关上门，又默默把花盆放到柜子上。

江映画又刷出一条赞扬具霜的评论，刚要吐槽就看到具霜正似笑非笑地望着她，于是她吐槽的声音越发大了，吐槽完毕还不忘甩给具霜一个白眼。

江映画脾气直，喜欢就是喜欢，不喜欢就是不喜欢，有什么不满当面就能发泄出来，绝不会隐瞒什么。

说实话，具霜并不相信，江映画会是在背后做小动作的人。

　　具霜受伤的这些日子总是格外嗜睡，不管白天黑夜，每次都是一沾上床就能睡个天昏地暗。

　　这次也不例外。

　　夜幕即将降临，具霜却无端从梦中惊醒。

　　梦中是一片刺目血红，方景轩支离破碎地漂浮在那血海之中，残破头颅上的眼睛却一眨不眨地望着她，嘴唇似乎还在微微扇动，吐出的字眼是"救我"。

　　具霜一脸茫然地望着天花板，她不知道自己怎么会突然做这样的梦，明明她与方景轩几乎毫无关联，更何况，她总觉得这样的梦像是在预示什么。

　　晚上八点钟的时候，江映画接了一通电话，从接通电话开始她就一直在哭，直到最后挂电话的时候，她才哽咽着问了句："景轩哥现在在哪里？"

　　具霜瞬间抛却脑子里乱七八糟的念头，全神贯注去听电话那头的声音。

　　她听觉比一般人类灵敏太多，更何况现在几乎是万籁俱静，几乎所有人都屏住了呼吸，在听江映画接这通电话。

　　电话那头是岳上青的声音，他报了一串地址，又停顿片刻说：

"你别乱跑，我已经派司机来接你了，再过五分钟，他应该就能到。"

五分钟后，江映画的手机再度响起，换好衣服的她提起包包直接冲了出去。

具霜又把那地址在脑子里过了一遍，并无任何动作。

她翻了个身，又准备接着睡。

凌晨三点的时候，她准时睁开眼睛，落地窗外一片寂静，宿舍内其余三个女孩呼吸绵长，俨然熟睡。

她猫着身子无声地从床上跃下，又翻过飘窗，一路御风而行。

城北医院。

辗转难眠的岳上青手中捏着一封纯黑色信笺，上面用血红的字写着：黄泉。

当时的场景可谓是历历在目，甚至可以说，他一辈子都没见过这么可怕的景象。

那些吊灯就像有预谋似的不停地往下坠落，几乎盏盏都在瞄准方景轩。

搁在口袋里的手机忽而响起，他即刻接听："怎么样？有没有查到送这封信笺的人是谁？"

随着电话那头声音的响起，他眉头越皱越紧，沉默很久，他终于再度发出声音："监控里没有影像并不能说明什么，或许是那人用了什么特殊的手法，继续查！"

……

具霜赶到医院已经是十五分钟以后。

此时的病房里，静到连一根针落到地上都能清楚听到，具霜缓步走至方景轩身边，注视他紧闭的双眼。

具霜从未见过方景轩这么脆弱的样子，安安静静躺在那里，仿佛风一吹就能带走他的生命。

有些东西或许真是命中注定，一命还一命，倒是谁也不亏欠谁。

具霜这么想着，身体已然微微倾下，只见她身上突然暴涨出一阵光，她与方景轩的唇紧紧相贴，而后便有颗浑圆的内丹从她丹田内升起，通过她的唇渡入方景轩唇中，一路顺着经脉游走，最后落至他的丹田里。

对于妖怪而言，内丹是样极其重要的东西，几乎等于是心脏一般的存在，内丹才脱离具霜不过两息的时间，具霜身上就开始渗出大量冷汗。

大约五分钟以后，面色苍白的具霜双手放在胸前掐了个诀，静立方景轩丹田内的内丹终于再度回到具霜体内。

而这个时候，一直陷入昏迷的方景轩似乎也有了动静。

有所察觉的具霜即刻抽离，却赫然被抓住手腕，而后，她对上了一双寒光闪烁的眼睛。

　　寂静的夜无端让方景轩的声音显得艰涩异常，他说："我是不是可以理解成你对我有所图？"

　　具霜有着一瞬间的慌乱，很快那丝慌乱就被她压到了心底，她嘴唇微微弯起，仿佛黑夜里忽而开出一朵清丽的木芙蓉。

　　"你愿意这么理解倒也没错。"

　　方景轩沉默许久，终于，再度开口："是时候告诉我你的真实身份了。"

　　具霜身上的异常之处太多太多，从她的出现到她的身份俱是谜，这些日子方景轩不是没有派人去调查过，却没有查到一丝线索。正如她所说，她仿佛真是黑户一般的存在，这个世界不存在任何她生活过的痕迹，她仿佛就是从另一个次元破壁而来的存在。

　　具霜原本是准备隐瞒的，可眼下似乎根本就没继续隐瞒下去的余地，更何况，如今她即便是暴露了身份也并无大碍，甚至可以更快达成她寸步不离黏在方景轩身边的目的。

　　纯阳之身几乎可以称之为逆天的存在，有了这样的体质不畏任何邪祟，更关键的是，拥有这种体质之人，无论是修仙还是修魔都是最顶尖的苗子。具霜不指望拐着他一起修炼，只望他能好好活着做自己敦实的靠山，来防御黑山道人。她却忽略了一个至关重要的问题，那便是黑山道人也发现了方景轩是纯阳之身，因为修炼功法的不同，黑山道人比一般的妖魔更为惧怕拥有纯阳之身的人类，相当于方景轩是他的克星，依照黑山道人的脾性，他又怎会容忍自己的克星存留于世。

于是这场闹得满城风雨的意外，十有八九是出自黑山道人的手笔。

方景轩仍在等具霜的回复，具霜顿了顿才抬起眼帘，望向方景轩的眼睛："如果我说我是妖，你信不信？"

具霜甚至都已经做好了被方景轩嘲讽的准备，结果她却听到方景轩毋庸置疑的声音："我信。"

具霜意外地瞪大了眼，却又听到方景轩的声音响起，他说："我绝对相信。"

其语气的笃定程度让具霜都大吃一惊："你该不是病糊涂了吧，我说什么你就信什么，未免也太没自己的思想了吧！"

方景轩却直接无视她的话："那你信不信我小时候曾见过妖？"

正如方景轩所说，他小时候的确见过妖，那是在一个萤火虫漫天的仲夏夜，他亲眼看见枝干遒劲的木芙蓉变成体态袅娜的古装美人，那段记忆被隐藏得很深，仿佛被什么东西给尘封在脑子里。直到具霜的出现，那段被尘封的记忆才渐渐浮出水面，而他对具霜的怀疑却是从她出现的那一刻就开始了。

具霜突然不知道该与方景轩说什么，方景轩的声音又自黑夜中响起："做笔交易吧。"

直至此时，具霜才拉回思绪："什么交易？"

"从此以后我们在一起，各取所需。"

方景轩这话有歧义，具霜和他扯了很久才弄明白，原来他就是想和自己同居，做契约情侣。

正如方景轩所说，他们确实是各取所需，她能守在方景轩身边保护他，方景轩身上的纯阳之气亦能让黑山道人近不了她身。

具霜几乎是想都没想就答应了。

方景轩虽然清醒了，身上的皮肉伤却未完全愈合，他坚持要回自己的别墅静养，不肯继续住院，岳上青也没办法。可当岳上青听到方景轩说，让具霜直接搬去他别墅住时，岳上青整个人都不好了。

岳上青反复强调："您是说，让具霜小姐搬去跟您住？"

方景轩挑眉回复他的质疑："你对我的决定有什么不满？"

岳上青即刻道歉，着手准备方景轩交代的事宜。

这下具霜完全坐稳了狐狸精的名号，只是她有一点不明白，方景轩一个黄花大闺男，既没结婚又没对象的，她怎么就成了狐狸精！群众的嫉妒简直可怕至极！

具霜的东西少得可怜，除了一些必备的换洗衣物，她只带走了那个装着龙兰元身的新花盆，在江映画等人或是嫉妒，或是不甘的目光下，红光满面地上了方景轩的车。

在黑色迈巴赫即将发动引擎的前一刻，江映画突然扑了过来，面色阴沉地敲打着车窗。

她明明知道自己不该这么冲动，可就是忍不住，她不知道自己这些年来的所有付出究竟是为了什么，即便会被撞得支离破碎她也不愿意放弃，她无论如何都要得到答案。

"方景轩！你究竟把我当什么？"这一声吼像是用尽了她全身的力气，"我喜欢你！所有人都知道我喜欢你！可你呢？究竟把我当什么？"

没有人料到江映画会挑在这个时候告白，或者说，这个结果，连她自己都不曾想到。

持续十余年的暗恋就这样毫无预兆地暴露在阳光底下，她不是没有后悔，可她知道，话已经说出口，就再也没有后悔的余地，她无比迫切地想得到那个结果，哪怕不是她心中所预期，也在所不惜，起码他能明白自己的心意。

玻璃窗缓缓摇下，方景轩双眸里依旧古井无波，不想在众目睽睽之下解决私人问题的他，只简单说了两个字："上车。"

江映画却死倔着不肯上去，两方僵持，一直处于旁观状态的具霜终于忍不住出声，却是难得的正经："先上车，有什么事车上解决也一样。"

具霜不出声倒好，江映画一听就声泪俱下哭成了个我见犹怜的泪人，她说："我喜欢景轩哥哥喜欢了十多年。"

具霜莫名觉得这个小姑娘的脑回路和寻常人不太一样，难道这时候还准备和她打柔情牌，指望她能被自己的爱情故事给打动，直接退出？

"所以呢？"具霜憋住笑意，挑眉问了句，"所以你是希望我能成全你和方景轩，主动退出吗？"

江映画差点就要点头，却听出了具霜隐藏在这句话里的讽刺之意，她张了张嘴，似乎还想说什么，却见具霜捂着肚子笑得脸色绯红："这真是我听过最搞笑的笑话，你觉得自己是活在小说里还是电视剧里？因为你喜欢方景轩喜欢了十多年，所以所有喜欢他时间比你短的女生都不该和你抢？因为她们都没你喜欢的时间长，不配拥有方景轩？"

　　说到这里，具霜又捂着肚子一阵狂笑，只差在车上打滚，被方景轩瞪了一眼，才有所收敛。她清了清嗓子，语重心长地与江映画说："我是真的不明白你这奇葩思路究竟是怎么来的，你要明白，爱情根本没有所谓的先来后到，更何况你所谓的爱情不过是持续了十余年的单相思。"

　　具霜这话看似说得过分，却也不无道理，方景轩原本想制止她继续说下去，却突然觉得，就这样让江映画看清事实，也未免不是件好事。

　　他的不作声无形中助长了具霜的气焰，她的话字字锥心，与其说是在说给江映画听，倒不如说是讲给从前那个执念太深的自己听："哦，还有一点差点忘了提醒你，当一个人不喜欢你的时候，你所谓的爱有多深，他的负担就有多重，以爱为名的掠夺往往最让人嫌弃。"

　　很久很久以前，具霜也曾这般喜欢过一个人，却不知自己所谓刻骨铭心的爱恋究竟给深爱之人带来了多少负担，所幸她活的岁月长，有足够的时间让她去理清那些凡尘俗事，眼前的小姑娘却不同。

　　具霜也不妄想能够将江映画说通，江映画却莫名其妙地跑开了。

看着她逐渐消失在夜色中的身影，具霜两手一摊，无奈地叹了口气："现在的小姑娘哟。"

方景轩没搭理她，掏出手机即刻给岳上青拨了个电话。

掐断电话后，他又往江映画消失的方向望了一眼，终于决定开车回去。

具霜一脸八卦地凑了上去："哎？你和江映画小美人之间究竟是什么关系？"

方景轩依旧板着一张讨债脸，理都没理她，她碰了一鼻子灰，还能自言自语："按理说，你这个样子应该不会有喜欢的人吧，考虑考虑江映画小美人也不错呀。"

方景轩终于有了反应，视线冷冰冰的："你怎么知道我不会有喜欢的人？"

具霜瞬间来了兴致："咦，你喜欢谁呀？"

方景轩瞬间又成了锯嘴葫芦，被具霜缠了老半天都愣是没透露出半个字。

引擎声充斥整个车厢，途经某个亮起红灯的十字路口时，方景轩看具霜的眼神颇有些微妙。

具霜被盯得受不了，一脸嫌弃地眯着眼睛回视："干吗一直盯着我，当心我误会你已经爱上我了。"

　　方景轩仍未收回视线，听声音就能判断出，他对这件事情颇有些好奇："你莫非还受过情伤？"

　　具霜原本好好的，听到这话就莫名多了毛："你这话什么意思！难道我就不像一个受过感情创伤的妖怪？"

　　方景轩摇头："还真不像。"

　　具霜朝他翻了个白眼："爱信不信。"

　　高冷不过三秒，具霜又缠了过来，继续套方景轩的话："咱们如今都是同进退共抗敌的战友了，还不能给透露下感情问题吗？"

　　方景轩沉默许久，方才瞥了具霜一眼，清冷的声音悠悠回荡："她是只妖。"

　　具霜一时间没能反应过来，反复将这话在耳朵里过了几遍，她才一脸凝重地看着方景轩："我劝你早点打消这个念头。"

　　方景轩眉头紧锁："为什么？"

　　具霜目光幽幽："难道你想生出个人妖？"

　　方景轩："……"

第四章

── 好大一棵树 ──

1. 资本家就是这么没人性。

刚抵达方景轩位于北城区的别墅，具霜就找他要了一瓶矿泉水，像品茶似的窝在椅子上慢条斯理地喝完一整瓶，末了，还不忘咂咂嘴，称赞一声好水。而后，她单手支颐，笑眯眯地盯着方景轩，其目光之炙热，简直就像燃烧了整片沙漠的一把火。

方景轩却从容淡漠，依旧不动声色地喝粥。

具霜见欲语还休杀不奏效，立马动用第二招，赶紧捏着嗓子喊了声："总裁大大……"

方景轩握着骨瓷调羹的手一抖，差点泼了自己一身粥，仍是没抬头，声音凉凉地传了出来，依旧惜字如金："说。"

"咳咳！"具霜装模作样地清了清嗓子，"那个……请问你家还有这种矿泉水吗？"

没等方景轩接话，她又即刻补充了句："能不能再给我来一瓶呀？"

方景轩夹起一筷子青菜送入嘴里，慢条斯理咀嚼近半分钟才咽下去，仍是头也不抬地说："冰箱里有，自己拿。"

具霜一把拧开瓶盖，侧身给放在餐桌上的墨兰浇了四分之一瓶水后，又继续捧着瓶子喝水，冰凉的矿泉水滑过她喉咙的一瞬间，还能看到她一脸享受地眯起眼睛，又是一瓶水见底，她才满足地叹了口气。

转过头去，她发现方景轩正看着自己。

他的目光在那盆墨兰与具霜之间不断游移，半晌后终于发话："那盆兰花是什么来头？"

从甲板上带走她的时候，他就发现了那株墨兰，再之后具霜更是与那株墨兰形影不离，甚至上次去发布会，她都抱着，着实让人感到好奇。

"嗯……"具霜沉吟片刻，如实说，"也是妖。"

方景轩听了倒没什么特殊的反应，又盯着那盆墨兰看了一眼，才问："是男的还是女的？"

这个问题一时间让具霜愣了愣。

像具霜这种草木类的妖原本是不分男女的，具霜的元身是木芙蓉，它开的每朵花中都分别有雌蕊和雄蕊，一朵花就已兼具自攻自受的功能，无法单纯地归为雌性抑或者雄性，只能算是雌雄同体。

然而人为万物之灵，妖满五百年修为的时候总该化形，那么问题来了，做男的还是做女的呢？

那些天生就有性别的倒还好说，生下来是什么就是什么，想中途变性也只能靠妖力支撑着，至于那些草木类可就纠结了。

具霜当初化形的时候可没想这么多，只觉着做女子所穿的衣物更符合她的审美，便二话不说，直接化成女儿身。

具霜犹自思索着该怎么与方景轩把话说得更简短，却听到餐桌上突而传来一阵细微的"咔嚓"声，还没来得及转头看过去，她就觉得脖子上一重，而后一股幽兰香扑鼻而来，明明是极其淡雅悠长的香味，这一刹却莫名变得浓艳至极。

男子温热的鼻息洒在颈间，具霜下意识撇开了脸，耳畔又传来一阵轻笑："好久不见，你可有想我！"

又听"咔嚓"一声脆响传来，原来是方景轩掰断了握在手里的骨瓷调羹，此时此刻的他眉眼低垂，长长的睫毛遮蔽住头顶的灯光，打下大片阴影，掩盖住眼中翻涌的情绪。

具霜犹自傻愣愣地盯着突然化形的龙兰，压根就没察觉到方景轩那边的异常举动。

反倒是龙兰若有所思地瞥了方景轩一眼，嘴角缓缓扬起，那张比寻常女人都要来得柔媚的脸更显妍丽。有了龙兰做对比，原本堪称精致绝伦的具霜莫名其妙就变糙了几分。

方景轩的声音幽幽传来，无端拉回具霜飘飞的思绪："所以，他就是那个你和凡人生的人妖？"

具霜嘴角抽搐："想什么呢……怎么可能呀！"

龙兰却是认定了方景轩拐弯抹角骂自己是人妖，立马敛去笑意，指着方景轩的鼻子："说什么呢你！"

方景轩直接将龙兰视作透明，目光盯在具霜脸上："你不是说自己受过情伤，又怕生人妖？"

具霜越发无语："你脑袋里在想些什么呢，谁说让我受情伤的是个人类！还有，我哪里生过孩子！明明还是个黄花女妖！"

方景轩面色如常，又轻描淡写地说了句："故事里不都是这么说的。"

具霜瞬间脑补出了《白蛇传》以及一堆《聊斋志异》里的桥段，一脸嫌弃地表示："人类这么弱，我才不会喜欢。"

方景轩像是突然来了兴致："那你喜欢什么？"

具霜想也不想就答："自然是妖啊！"

方景轩眸色深了深，又问："什么妖？"

具霜一时没把持住，直接脱口而出："野猪妖啊！"

方景轩若有所思地盯着具霜看了半晌，才由衷地发出感叹："原来你品位如此独特。"

具霜："……"

愣了好一会儿，具霜才意识到有什么不对，一脸幽怨地回视："你好过分！居然这样套我的话！"

看到具霜一脸幽怨的样子，方景轩心情无端变得愉悦，薄凉的唇微微扬起，弯出个惊心动魄的弧度："所以妖怪都像你这么笨？"

具霜没能听出藏在话语中的宠溺，白眼都要翻破天际了。

一直被方景轩视作空气的龙兰简直不能忍："喂喂喂！不要忽视我好不好！"

方景轩却起身径直走进厨房。

与龙兰同病相怜的具霜轻声安慰龙兰："摸摸头，资本家就是这么没人性。"

　　方景轩的声音凉凉传来："资本家没人性？"说这话的时候，他尾音上扬，拖出几丝妖娆的余韵。

　　具霜无端觉得自己后脊发凉，她稳了稳心神，朝方景轩望去，只见他似笑非笑地望着自己："今晚月色不错……"

　　具霜觉得自己越来越没种，即便有了龙兰撑腰，还是被方景轩吓得一愣一愣。

　　方景轩话说到这里刻意停了下来，具霜越是紧张，他嘴角笑意扩得越大，就那么不上不下地吊着她。

　　这种感觉简直不能忍！

　　小心肝一颤一颤的，具霜索性把牙一咬，心想着，长痛不如短痛，立马就接了句："所以呢？"

　　方景轩笑容几乎可以用璀璨来形容："所以……"

　　"怎么可以这样！太过分了！真的让我蹲在门口晒月亮啊！"具霜苦兮兮地蹲在门口，痛心疾首地揉着自己脑门。

　　自从上次目睹了具霜被黑山道人追逐的过程，方景轩就做了些防护措施，具霜也不知道他究竟搞了些什么名堂，总之无论她与龙兰怎么折腾都进不去，最后只能苦哈哈地坐在院子里相顾无言晒月亮。

龙兰原本对方景轩感到不屑，但从具霜口中得知他是凡人纯阳之体后，就整只妖都不好了，一直神色不明地坐在台阶上发愣，连具霜和他说话都不搭理。

具霜越发觉得郁闷，索性双手托腮坐在台阶上看星星看月亮。

院子里种了不少栀子花，洁白的花瓣在月光下缓缓舒展开柔嫩的花瓣，莹润无瑕，透露出羊脂白玉一般的质感。

一阵阴风凭空掠地而起，霎时尘沙飞舞，满园栀子花随风飘摇。具霜险些被沙子迷住了眼，她若有所思地盯着风来的方向，一股不好的预感霎时涌上心头。

没有丝毫的犹豫，她猛地御风朝西飞行，却见有黑气在西北方向聚集，丝丝缕缕钻入烟囱里。

具霜动作太快，龙兰来不及说话，她就已经化作一缕轻烟与那些黑气一同钻入烟囱里，龙兰只好一同跟上去。

具霜莫名觉得自己有做采花大盗的天赋，明明只在方景轩家住过一晚，却能一口气摸到方景轩卧房里去。

方景轩的品位如他外貌一般，说得好听点是禁欲系，说得难听些就是长了张性冷淡的脸，从具霜曾经的情伤对象是只野猪精就能得知，她本人必然是个品位猎奇的重口味，是以她向来对这种极简的现代主义家装风表示非常不理解。

尚未等她感叹完，浴室里的水声就已骤然停却，具霜摸着下巴想了想，大概他已经洗完澡，准备出浴了吧。

一想到方景轩裹着毛巾出浴被自己吓到的样子，具霜就忍不住嘿嘿直笑。

有一句话怎么说来着。

理想是丰满的，现实是骨感的。

上天注定不会实现具霜这么无聊的心愿。

所以，当浴室门"咔"的一声被转开，方景轩是这样出场的，不但不是想象中裹着性感的浴巾登场，反而穿了套比白日里还要严实的暗纹真丝睡衣。

具霜幽幽叹了口气，在方景轩眼风扫过来之前，就已经笑嘻嘻地蹦过去与他打了个招呼："总裁大大，你的睡衣可真好看。"

方景轩动作一缓，微微侧目瞥了具霜一眼，就径直从她身边走了过去，徒留具霜杵在那儿一脸愣怔。

"啧，大晚上的被妖夜闯闺房，你不应该表现得娇羞点吗？"

方景轩锯嘴葫芦功练到登峰造极，任凭具霜怎么折腾，他就是能稳如磐石似的立在那儿岿然不动。

具霜又忍不住暗搓搓在心底吐槽："啧啧，真是活似一尊雕塑。"

吐槽归吐槽，大腿还是得抱，虽然人总裁大大不搭理她，她还是"噌噌噌"跑了过去，笑嘻嘻地仰头望着方景轩："总裁大大，你难道就不好奇我为什么能跑进来吗？"

方景轩仍是不搭理她，抄起一本厚实的线装书慢条斯理地翻动着。

具霜觉得没劲，摊开双手，随口吐了个槽："总裁大大，你说以后你老婆会不会被你给闷死啊。"

方景轩这才把眼睛从书本上挪开，目光淡淡地望向具霜："你试试不就知道。"说这话的时候，他面上一派平静，眼睛里却有具霜所看不懂的东西在流淌。

具霜微微一愣，盯着他的眼睛看了许久，一时间没听出味来，等到她察觉这话中似乎有啥地方不对劲的时候，屋外赫然传来一阵骇人的嘶吼声。

听声音是龙兰发出的。

具霜即刻抛去那些无端浮现在脑子里的旖旎风光，脸色瞬变，方景轩甚至都没反应过来，她就已经迅如闪电般地冲了出去，徒留方景轩一人立在原地。

连方景轩自己都没料到，他会与具霜说出这样的话语，他握住书本的手紧了紧，面上仍未流露出任何表情，却是即刻搁下手中的书，穿着拖鞋追了下去。

首先映入方景轩视线的是一片红。

天花板是红的，墙壁是红的，就连铺满木地板的地面也都是红的。

而具霜此时此刻则立在那片猩红中间，她来不及换下的月白长裙无风自舞，原本齐肩的发一瞬之间暴长至脚踝，脸上再度浮出一条又一条藤蔓似的诡艳妖纹，被她护在怀中的龙兰亦已经妖化。原本就显妖气的脸再爬上几条妖纹，简直妖孽到无法用言语来形容，只是他此时的状态明显很不好，他像是陷入了一场梦魇之中，紧闭的双眼不停地颤抖，美艳绝伦的面容也微微有些扭曲。

方景轩趿着拖鞋一路走来，踏入那片猩红的空间，他每前进一步，都能听到脚下传来细微的声响，一开始他还没在意，又走了几步，那声音才听得越发真切，像是有什么东西在他脚下被踩裂。

他即刻停下步伐，低头望下去。

原来并不是这间房突然被染成了红色，而是……整间房里爬满了针尖大小的虫子，它们体积太小，又密密麻麻攒了一片，不仔细观察很难发觉它们竟然会是活物。

这个发现让方景轩叹为观止，然而更令他震惊的一幕尚未开启。

随着方景轩的入侵，那些细小的古怪虫子以肉眼可见的速度瞬间凝聚在一起，就像平铺在地面的地毯突然纷纷从地面脱离，并且有组织有纪律，一波一波往上堆积，像潮水一般疯涌而来。

一直心系龙兰安危的具霜终于察觉有什么地方不太对，余光里的红色越来越少，那群食阳虫似乎在朝某个方向聚集。意识到这一点，具霜心脏猛地一抽，等她转身看过去的时候，食阳虫已经将方景轩团团围住，汇聚成一个巨大红色茧状物体。

食阳虫，顾名思义就是可以吞噬阳气的虫子。

人身上阳气不可破，一旦阳气被这些虫子所吞噬，所剩的就仅仅是一具完整的尸体。

方景轩而今的情况非常危险，再加上他又是纯阳之身，对这些食阳虫而言，简直就是千年难得一遇的大补之物。

这一瞬间，具霜心房里莫名涌出一种很酸的液体，那种液体在顷刻之间就充盈她整个胸腔，她觉得自己胸口胀得透不过气来，眼睛也无端变得又酸又涩。

她好像很难过，却又不知道自己究竟是因何而难过。

究竟是因为失去了方景轩的庇护，还是因为失去了方景轩，她一时分不清。

酸胀感一波一波填充她的胸腔，与之高涨的还有她的战意，她眼睛突然变得血红，眨眼间就已经靠近猩红虫茧，右手捏住龙兰的肩，给他受力点，左手弯曲钩成爪，妖风扫去，猩红的虫茧赫然豁出个大缺口，随着虫茧的不断崩塌，具霜终于透过缺口看到了方景轩的脸。

与他爬满食阳虫的身体相比较，他的脸简直干净得不可思议，不但没有一条虫靠近，甚至他连眼睛都没闭上，就那么一眨不眨地望着具霜。

他能够透过具霜充血的双眼看到自己的投影，以及深埋在具霜眼底的恐惧。

其实他一点也不害怕，即便是被这样丑陋的虫子裹成一团茧，双眼被一片猩红所覆盖，他也不曾感到害怕。可为什么，他却能如此确切地感受到她的惧意，就像从蚕身体里吞吐而出的细丝一样，丝丝缕缕缠绕住她的身体。

可是，你在害怕什么呢具霜？

是害怕从此以后就失去我的庇护，还是害怕再也看不到我这个人？

他突然很想开口去问，却又害怕去问。

猩红的虫茧在遭受具霜重击以后开始全面崩裂，原本只有针尖大小的虫子在某一瞬间全然化作殷红的液体，真正意义上地向四周涌开，脱离他的身体。

那些虫子化水的速度很快，水涌开的速度更快，他的视线从未离开具霜的眼睛，无端觉得时间已然在这一瞬间定格，这一眼仿佛掠过了千万年。

当所有虫子的尸体都化成水的时候，他正踩在一摊赤水之上，仿佛整个人刚被谁从血水中提出。他身上印着暗纹的睡衣早就被那些殷红的液体所浸湿，散发着泥土般陈腐的气息，并且那些血红的水不断凝聚成珠，顺着他的睡衣一路往下滴。

某一瞬间，他的心跳声仿佛与水珠滴落的节奏踩在一起。

"扑通！扑通……"

"滴答！滴答……"

两者不断交织汇集，仿佛谱成了一支热烈而狂肆的曲子。

他嘴唇微微扇动，似有什么话要说出口，可他尚未来得及发出声音，就被具霜抢了先，她眼睛里有着他从前从未见过的东西，像是有什么东西即将从她眼睛里喷涌而出。他心中微微有些悸动，忍不住又前进了几步，然后她两片饱满的唇上下扇动，流畅的话语则随之溢出唇齿："你好臭……不要再靠近啦！"

霎时，万籁俱寂……

具霜不知道自己究竟犯了个怎样的错误。

她只知道自己话一出口，原本犹在朝她逼近的方景轩赫然停下脚步，目光变得尤为凶狠。

具霜忐忑不安地捂着胸口，呈西子捧心状，试探性地问了句："你怎么啦？该不是被那堆虫子裹了下就中邪了吧？"

方景轩额头上的经脉突突跳着，回复具霜的只有咬牙切齿的一句话："今晚都不准再进来！"

具霜瞬间急了，指着仍靠在自己手臂上的龙兰："我要是出去了，他怎么办？"

方景轩趿着被染成红色的拖鞋，眯着眼朝具霜步步逼近，声音仍是那么咬牙切齿："一起丢出去。"

"啊啊啊！资本家果然没人性！"

空旷的半山别墅区里，具霜鬼哭狼嚎的声音绕屋久久回荡。

2. 具霜假装变成树后就听不懂人语，哗啦啦抖落几瓣落叶聊表敬意。

具霜觉得整只妖都不好了。

具霜觉得整只妖都要崩溃了。

具霜觉得妖生无望了。

自从方景轩那天被具霜嫌弃臭之后，就再也没给过具霜好脸色。

契约爱情的巨轮说沉就沉。

对此，具霜感到很委屈、很憋屈、很烦闷，其实最最关键的是方景轩直接从讨债脸升级成万年寒冰脸，隔着老远就能感受到他秋风扫落叶般无情的锐利目光。具霜觉得自己简直成了移动的活靶子，走哪儿，方景轩就在哪儿给她甩眼角飞刀，还是淬了寒毒的那种。

至于龙兰，具霜也不知道他到底是怎么了，莫名其妙地抽了下疯，又莫名其妙地恢复了正常，真是来也匆匆去也匆匆。

为了表达对龙兰的关心，具霜曾不止一次表示要对龙兰进行一次全身体检，然而都被拒绝了。

具霜此处所说的全身体检自然不是去医院做的那种，而是妖族特有的一种体检模式，就是一只妖将自己的妖力渡入另一只妖的身体，从而顺着血液一起在那只被体检的妖经脉中流动，用以检测各类乱七八糟的问题。

龙兰既然拒绝被检查，具霜也不能强迫，只能由着他去。

具霜出道至今也已经有小半年，GMF 组合如预期中一样火，具霜更是一时间红透半边天，虽然她唱歌像念书，虽然她演技太浮夸，然而她就是红了，她的走红并非如大家所预期的那样，靠刷脸走红，而是靠吐槽。

现在再回想起来具霜仍觉得痛心疾首，她好好一个走偶像路线的国民美少女莫名其妙就踏上了谐星的不归路。

每当有人夸她，说她搞笑得浑然天成、毫不生硬刻意，具霜就不知道自己究竟是该哭还是该笑。

她如今给人的印象与当初的人设定位完全背道而驰，反响却比最开始的女神人设好上 N 倍，连 ZY 公司都已放弃最初给她打造的那个人设，干脆就让她一直放荡不羁地吐槽下去。对此，具霜感到十分不满。

今天具霜和方景轩一起坐车回家的时候，终于顶住压力，开口与方景轩说了句话。

方景轩冻了近半个月的冰山脸恍然在这一刻融化，具霜盯着面色缓和不少的方景轩看了好几眼，边盯边轻声念叨着："好端端一个霸道总裁非要装什么冰山美人呀。"

憋了大半个月的方景轩终于轻笑出声，还别说，那一刹具霜真觉有种冰山消融、春暖花开的意味，然后具霜又莫名其妙发现自己心头狂跳。

她不知道自己脸红得厉害，只知道自己无端面皮发烫，像是突然有一把火在脸上烧，烧得她头昏眼花，连说话都变得不利索。

察觉到她的窘态，原先还一本正经端坐在座位上的方景轩突然倾身压了过来，温热的气息均匀地喷洒在脖颈上，具霜觉得微微有些痒。

四周瞬间变得很香，依旧是那种似兰非兰似梅非梅的味道，淡雅悠长，像细密的丝线似的，一匹一匹围着具霜绕。

具霜莫名觉得自己头晕得越发厉害，连看方景轩都叠出了重影，两个方景轩同时在她眼前乱晃。她眨了眨眼，想伸手去摸方景轩的脸，第一次摸方景轩在躲，她扑了个空。

第二次去摸，方景轩像是终于咬牙下定了决心，任由具霜去摸，然而前方却有辆电动小绵羊"嗖"的一声闯红灯擦过，吓得岳上青连忙踩了急刹车。

具霜一时间没控制好力道，"啪"的一声在方景轩脸上甩出五条红杠，于是，方景轩好不容易融化成一池春水的冰山脸又给黑成了锅底灰。

具霜吓得魂飞魄散，再也不头晕了。

具霜被堵在逼仄的车厢里，可谓是上天无路遁地无门，索性把心一横，闭上了眼睛等待方景轩的发落。

预料中的疼痛迟迟未降临，具霜颤抖着睫毛，偷偷将眼睛掀开一条缝，却看到方景轩的脸在一点一点放大靠近。

她的心脏仿佛就要炸裂，直接冲破胸腔。

方景轩那棱角分明的唇慢慢地离她仅剩一根手指的距离，可就在这时车身突然一阵轻晃，方景轩却顾不得这么多，只想一口咬上具霜两瓣饱满的唇，岳上青的声音却适时传来："先生，已经到了。"

那一瞬间，岳上青只觉一股威压朝他笼罩而来，莫名觉得如芒在背的岳上青霎时僵直了身子，以一种机械化的姿势，缓缓转过身体，自然而然就看到了某少儿不宜的画面。

他暗自啐了自己一口，打心底发誓，他绝对不是故意的，自从上次他不小心透过后视镜与方景轩对上一眼以后，他就再也不敢从后视镜里偷瞄，然而似乎并没什么作用，不管是偷瞄还是没偷瞄，该中枪时总会中枪。

黑色迈巴赫扬尘而去，时而头晕、时而不头晕的具霜此刻又回到一种头晕目眩的状态，依旧是脑袋又重又涨面色酡红。

方景轩将她紧紧环在胸口，声线低沉，仿佛有着蛊惑人心的力量，他说："闭眼。"

此时此刻，具霜整只妖都处于一种玄之又玄的状态，她也没有去抗拒，方景轩一声令下，她就十分乖巧柔顺地闭上了眼睛。

微风轻轻扫过她的面颊，风中送来的栀子花香与方景轩身上那种极其好闻的香味混淆在一起，具霜觉得自己脑袋沉得越发厉害，这种感觉已经不像是在发烧，更接近一种喝醉酒的状态。

而后，具霜只感觉到有片柔软的东西触碰到她的嫩叶。

咦……怎么是嫩叶！

具霜像是突然被人重敲脑门的醉汉，一瞬之间所有的醉意都跑得没影。

虽然有点搞不清状况，具霜还是莫名觉得心里发慌，结果一低头就对上了方景轩阴沉如水的眼睛。

"具霜！你最好给我解释清楚！"一字一顿，几乎每个字都是从牙缝里挤出来的。

直至此时，具霜才后知后觉地发现自己突然就变成一棵树……还不是龙兰那种可种在花盆里的袖珍浓缩型，而是一棵腰围足有两人粗，身高已然接近四五米的参天大树。

而方景轩此时此刻则像个痴汉似的抱着那棵参天芙蓉树……

具霜假装变成树后就听不懂人语，哗啦啦抖落几瓣落叶聊表敬意。

方景轩却不买账，仍杵在原地，以眼刀对具霜实施凌迟之酷刑。

具霜觉得自己瞬间就成了威武不屈的革命烈士，任凭方景轩如何逼迫，她都咬紧牙关岿然不动。

在树下杵了将近一个小时，方景轩终于决定放弃，临走之前还不忘甩给具霜一个属于剥削阶级的邪恶眼神，吓得具霜一不小心又给抖落了几片嫩叶。

弯月挂上枝头，方景轩搬了个凉椅坐在具霜的树荫底下，却不再试图与具霜说话，而是若有所思地盯着具霜粗壮的主干看，良久，才发出一声感慨："你到底多大年纪了？"

具霜差点脱口说出"反正都能做你老祖宗了"这句话，关键时刻还是给生生憋了回去。

所幸方景轩说了这么一句话以后就再也没开口，具霜颇有些嘚瑟地想，大概是真以为她变回树就听不懂人话了吧。

一人一树从未如此安静地相处过，具霜趁这空当开始思索自己究竟为什么会变成这样，明明她的妖力已经在上一个月圆之夜全部恢复。

妖一旦化了形，就不会轻易再变回原形，而他们一旦变回了原形，无非就是这两种情况：

一是身受重伤，像龙兰当初那样被黑山道人打回原形。

二依旧是体内妖力存货不够，需要变回原形慢慢调养。

具霜并不属于这任何一种，既然这两者都能排除掉，那么就只剩最后一个可能了，那便是有人使计，刻意把她变成这样。

具霜越发不明白了，那个人刻意把她变成这样究竟有何用意。

一瞬之间，具霜脑袋里突然转过好几个念头，最终，得出了一个看似合理的解释。

那人既然刻意悄无声息地动手，那么也就说明一个问题，他若是想取她的性命简直易如反掌，可他非但没这么做，还像闲着没事干似的费尽周折把她变成树。

把她变成一棵树，最多也就是限制她的行动自由，可那人又为什么要限制她的行动自由呢？这又是一个让人疑惑的点。

具霜是真不明白，限制了她的自由，对那下手之人有什么好处。

这个问题让她纠结了很久，终于在方景轩起身的那一刻，让她想通。

只要控制住她，杀方景轩这种凡人还不是手到擒来的事。

然而具霜总觉得还是缺了点什么，那个在她看来所缺失的点就在于，那个人明明可以对她下手，却为什么要手下留情？

除非……除非是只想取方景轩性命，而不想让她死！

如此一说，倒是什么都能讲得通，只是世上真会存在这样的人或者妖吗？

具霜才这么想，黑夜中便有一道妖气飞掠而过。

这道妖气让具霜感到十分熟悉，不为别的，只因这就是龙兰的气息。

具霜心情突然变得十分沉重，难道是龙兰有古怪……

她尚未来得及发出质疑，龙兰的气息又暴涨几分，竟像是径直往她所在的方向赶来了，这一发现让具霜大感意外。

她此时此刻已经化成了原形，作为一棵树是没有办法扭动脖子去观察四周景象的，如此一来她只能苦兮兮地杵在原地，等待龙兰现身。

一道耀眼的绿光霎时闪过，具霜只觉得眼前一花，随后身边就传来了个带着调笑之意的声音："啧，又被赶出来晒月亮了？"

具霜原本悬起的心顿时落了地，既然他能光明正大地出现在自己面前，那么是不是也就能够说明，她所有的怀疑皆不成立。

龙兰总归是具霜看着化形看着长大的，于她而言，就像是弟弟一般的存在，而今龙兰的现身越发否定了具霜先前的猜想，既然消除怀疑，接下来要做的事，自然就是与龙兰共同商讨对策。

只不过她一时间还真不知道要怎么与龙兰开口说这件事，沉吟片刻，她有些混沌的脑子里终于拼凑出一句完整的话语。

具霜平日里总嘻嘻哈哈没个正经，一旦认真起来就容易让人怀疑她是不是什么地方出了问题。所以当她严肃且认真地询问龙兰今天去了哪里的时候，龙兰着实没能反应过来，他满脸担忧地用手在具霜粗糙的树皮上来回摩挲："你没事吧？"

具霜毫不留情地伸出一根树枝甩在龙兰背上，抽得他龇牙咧嘴上蹿下跳："干什么呀，你！"

具霜半天没作声，慢悠悠将那根树枝收了回去，又过良久才语气幽怨地说："你难道没发现什么问题吗？"

龙兰一脸疑惑："什么问题？"

具霜恨不得继续用树枝抽他："你姐姐我变成树了呀！你居然没看到！"

龙兰愣了好一会儿才托着下巴若有所思地说："我就说有啥地方不太对劲，原来是你变回原形了啊！"

具霜简直气得想咬人："你难道没长眼睛？这么大一棵树立在这里你都看不到吗！"

听到具霜气急败坏的声音，龙兰忍不住发出一声轻笑，却是难得的正经："可我从来都不是用眼睛来看你的，而是用整个身体来感受，于我而言，无论你以怎样的形态出现在我眼前，你也依旧是你。"

或许是今晚的月色太美，又或者是太久没变回原形，以至于让具霜原本粗到能与电线杆子媲美的神经难得细了一回，她莫名觉得龙兰今日说的这番话有种不寻常的意味。她反复把这段话放在心中细细咀嚼，越品越觉得这番话说得有些意味不明，于是她咬牙切齿地道："快说，你是不是又闯祸了！"

龙兰无奈至极："我好不容易说出这么一番情真意切的话，你居然还怀疑我。"

具霜轻声哼哼："不然呢？"

龙兰突然停下了手中动作，像个撒娇的孩子般敞开手臂环抱住具霜粗壮的树干，清朗的声线刻意压低了些，告白的话语伴随晚风一同送入具霜耳朵里："你为什么不能再往别的方向想想，譬如说，我喜欢你。"

"哦……"具霜下意识脱口而出，"我也还挺喜欢你呀，不过呢，你有时候真挺让人操心的，明明比我聪明，却总爱到处乱闯祸，让我替你收拾烂摊子，我明明还是个待字闺中的黄花女妖精，都被你给折腾成老妈子了。"

具霜这话说得情真意切，龙兰脸上的笑意却在逐渐凝固，他深深叹了一口气，声音里带着些许失落："算了，与你说再多次，你也不会明白。"

于具霜而言，龙兰就是她一手带大的孩子，他可以是她弟弟，可以是她儿子，却绝不可能成为她的伴侣，她不会也不能让自己往这方面想，自然无法明白龙兰的心意。

她就像个依仗自己特权的专治长辈，一言不合就直接拿棍子揍人，又是一树枝抽在龙兰身上，她蛮不讲理地轻声哼哼："明明是你自己不说清，还敢吐槽我听不懂。"

龙兰嘴唇微颤，正欲张嘴，具霜却失去了与他继续周旋下去的耐心，她不再给龙兰继续插嘴、扯偏话题的机会，毫不隐瞒地将今日所发生的事说给龙兰听，其中还包括自己的怀疑与推测。

龙兰听完又恢复那吊儿郎当的样子："听你这么一说，我嫌疑倒是挺大的呀。"

具霜很想翻白眼，却被这树身所困，做不来如此高难度的动作，只得以暴力来宣泄自己心中的不满，于是龙兰好端端又被抽了一树枝。

"我要是真怀疑你，还跟你说个毛线球球，少叽叽歪歪，赶紧想办法把我变回来，方景轩一定不能死！"

具霜这话说得信誓旦旦，落入龙兰耳中又被听出了一些不同寻常的东西，他很想去质问具霜，为何方景轩一定不能死，踟蹰许久，都发不出声音。

夜空之上忽而传来一阵刺耳的破风声，像是有什么东西在急速掠空而过。

具霜已然完全忽略自己变成一棵树的事实，下意识抬头去看，才惊觉自己脖子卡住了，丝毫无法动弹。

随着破风声的不断增强，首先映入具霜眼帘的是一只背生双翼的古怪生物，猛地看去，它就像一只背生双翼的棕褐色蜥蜴，直到它再飞近些具霜才惊然发觉，自己仿佛在什么地方见过这玩意儿。

她思索良久都思索不出个所以然。

具霜苦苦思索之际，龙兰亦抬头看到了那个奇奇怪怪的玩意儿，流露于表面的阴郁之气一扫而空，他神色无端变得有些微妙，而后他的嘴角微微扬起，声音却毫不显露情绪，非但让人听不出愉悦，反倒显露出一丝丝震惊："这奇奇怪怪的玩意儿咋长得这么崇洋媚外……简直就像、就像电影里的西方恶龙！"

他话音才落，那抹笑就已消匿不见，又变回那个不正经的龙兰。

这一切具霜都不曾看见，她只知龙兰一语犹如醍醐灌顶。

她再度把龙兰口中的"西方恶龙"上上下下扫视一遍，越看越觉着这玩意儿不像本土的妖怪。

既然长得不像本土的妖怪，那么，问题又来了。

这次出现的异常情况十有八九又是黑山道人整出来的幺蛾子，可他一个土生土长的东方大妖魔又怎么会收这种国外品种做手下?

想想也真是有点匪夷所思。

具霜正一脸惊疑时，"西方恶龙"突然停止扇翅，用一对长满硬鳞的前爪钩住裸露在外的窗沿，以此来稳住自己的身形。

它这个动作简直可称之为滑稽，而接下来的动作也越发让人觉得不可思议。

稳住身形不到两秒，它便抻直了脖子，用一双琥珀色的铜铃大眼直勾勾地望向房内。

它所在的位置是整栋别墅第二层，而最靠右的房间，正是整栋别墅最核心的位置——方景轩所居住的主卧房！

这时要还不知道那条猥琐的"西方恶龙"有何用意，简直就是没长眼睛。

具霜的眼睛长不到树顶，她的眼角余光根本不足以支撑着她看到那条"西方恶龙"的猥琐行径，是以，她再怎么铆足了劲去偷瞄，都只能看到那条"西方恶龙"撅着屁股像只壁虎似的趴在墙上胡乱晃动着的粗壮尾巴。

妖的五感本就比一般人来得灵敏，具霜所看不到的东西，龙兰全然尽收眼底。

只听具霜发出一声轻叹，龙兰已然足间一点，闪身站在了具霜身侧的路灯之上。

今晚是个月朗星稀的下弦月，即便没有路灯的照映，银白的月光都足以让龙兰看清落地窗后方景轩的一举一动。

方景轩是个极其自律的人，从无熬夜的恶习，此时已至十二点整，他却无端失了眠，焦躁不安地躺在床上翻来覆去。

第一百零一次翻身，仍未找到最佳睡姿后，方景轩终于放弃了继续入睡的念头，索性翻身起床。

几乎就在他离开床的一瞬间，蛰伏在窗外的"西方恶龙"终于有所动作……

玻璃破碎的声音在夜色中无限放大，甚至还有破碎的玻璃擦着龙兰脸颊划过，一丝淡淡的血腥味像隐形的线一样在晚风中拉扯开，呼啦一下散出老远。

龙兰明显愣了愣，片刻之后方才回过神来，然后他微微扬起嘴角，笑了笑。

一直不明真相蹲在原地发愣的具霜终于意识到那条猥琐的"西方恶龙"要干什么，如梦初醒般疯狂抖动着枝叶，声音里有着掩盖不住的急切："这货是冲着方景轩来的！赶紧去救他呀！"

龙兰脸颊上的笑意在具霜出声的刹那消失殆尽。

夜里不知何时起了风，拂过具霜枝梢，冷冷地吹在龙兰身上，他本就美艳绝伦的脸在月光与灯光的交织照映下更显妖冶。

化形至今，龙兰从未有过忤逆具霜的时候，即便是现在也一样。具霜话音才落，他身上便已幻化出明紫色妖纹，交织缠绕，蔓延覆盖住他小半张脸，一团碧绿的妖气亦在瞬息之间飞出他掌心，迅如闪电般地冲出去，"砰"的一声劈在恶龙身上。

霎时，腥膻的龙血四处飘溢，"西方恶龙"的嘶吼声响彻云霄，那一刹那，仿佛天地都在震荡。

具霜过于急切，甚至都未思考过，这么显眼的一条龙究竟是怎么做到这么拉风地飞过来而不被人发现这一问题的，更别提它那几乎可以震破人耳膜的嘶吼声，大晚上的被吼上这么一嗓子，即便那些邻居睡得跟死猪似的也该被震醒吧。然而并没有，方景轩家别墅所占的这一块地，仿佛自成一个小世界，任凭这里如何闹腾，外边的人都未发觉一丝异常。

当具霜真正意识到这一问题时，她忍不住打了个冷战，黑山道人竟强大如斯？直接用结界将这里与外界隔离？

不管真相是什么，黑山道人的目的都只有一个，那便是意图将他们一举截杀！

第五章

— 真假小龙兰 —

1. 藏匿在雾色中的真与假。

巨大的"龙"尾随着血液的喷涌而垂直砸落在地。

龙兰那一招看似威力强大，实际上也只斩断了恶龙的尾骨，非但没能阻止它侵入，反倒让它下定了决心，一举冲进别墅中去，这正是龙兰所预期的效果。

落地窗上的钢化玻璃顷刻间崩塌，无数碎片纷纷飘落，在路灯的照映下犹如飘落一场剔透的水晶雨。巨型蜥蜴一般的棕褐色"恶龙"体态轻盈地在其中穿行，随后一个猛扑，径直落在方景轩所处的卧室里。它看似沉重而庞大，身体却像塞满了棉絮，简直轻得不可思议，这般猛冲进去都未能引起丝毫动静，倒也可以理解，它为何能够轻飘飘地将自己挂在窗沿上而没踩塌房屋。

"恶龙"落入主卧之时，方景轩早就跑得没了踪影，龙兰颇有些失望地皱起了眉，在具霜的催促之下拖着一身繁复的明紫色法衣追在"恶龙"屁股后面冲入主卧。

一时间，仿佛整个世界都在具霜眼前消失，徒留她一人孤零零地立在草坪上望月兴叹，不，准确来说，她连望月这种高难度的动作都做不了，只能唉声叹气地杵在那里听不断从别墅二楼传来的打斗声。

"恶龙"的哀号声不绝于耳，时不时还能听到几声龙兰的怪叫，唯独方景轩毫无声息，就像完全失去了踪影一般。

具霜急得只差把自己连根刨出，裹着泥土一路滚进别墅里，好在她这念头生出不久，就见方景轩夹着睡袍从一楼冲了出来。

具霜终于松了一口气，可那口气尚未完全顺着鼻腔呼出，她便眼尖地发现，似乎有个奇怪的东西正紧随方景轩身后飘着。

具霜没有眼花，那玩意儿真的在飘！

白乎乎一团，没有手亦没有脚，像极了动画片中白雾一般呈现半透明状的幽灵。

如若仅仅是出现一条"西方恶龙"也就罢了，现在还莫名其妙飘出一只幽灵，具霜深刻怀疑自己是否进错了片场，这都什么跟什么呀，一群乱七八糟的山寨玩意儿！

吐槽归吐槽，该担忧时终须担忧，眼看那山寨幽灵就要触碰到方景轩的身体，具霜简直目眦欲裂。

别看她现在成了一棵参天大树，在此处扎根无法动弹，可她的枝干依旧灵活，只要方景轩靠近了，她就有办法将他护在自己的枝叶之间。然而方景轩那脑残竟看都不看她，头也不回地引着那只山寨幽灵往与她完全相反的方向跑，气得具霜只差仰天长啸。

她在心中默默告诫自己，如此暴躁着实不好，她要做只有涵养有素质的妖，得耐下性子慢慢与方景轩讲道理。

奈何方景轩此人对霸道总裁这种人设爱得深沉，具霜才准备扯开嗓子大吼一声，方景轩冻死人的嗓音就像冰雹似的怒砸而来，一时间把具霜给砸得分不清东西南北。

她只得默默闭嘴，细细回味那句充满告诫之意的标志性总裁话语："别乱动，等我来救你！"

乍听之下，倒有一丢丢霸王之气侧漏的意味，具霜几乎就真要被这话给砸晕了头，好在她头晕眼花之际尚存一丝理智，及时悬崖勒马，发觉这话说得十分不合时宜。

什么叫作"别乱动，等我来救你"啊！

也不想想她究竟能不能动！还有，他这个样子究竟是谁救谁啊！

具霜终于再也忍受不了，她朝方景轩所在的方向大吼一声："你给我停下来！"

与方景轩一同停下步伐的还有那团山寨幽灵，方景轩尚未弄清现在的状况，就有一道疾风呼啸而来，紧接着，他只觉腰上一紧，像是有什么东西在一瞬之间缠住了他的腰身。

不断有风从耳旁擦过，发出低沉而尖锐的呜咽声，他觉得自己的身体仿佛被什么东西吊起，悬在半空中直接被拽了过去，又像是有股奇怪的力量猛地攥住了他的身体，让他瞬移，总之那种感觉过于奇妙，也过于迅疾，他甚至都没来得及细细体会，眼前景物一花，整个人就已经被掠至具霜所化的参天大树之下。

他立在木芙蓉树下有一瞬间的恍惚，月光当头笼下，穿透枝叶与枝叶之间的缝隙，洒落点点银白的光，斑驳了他的视线。

一股没来由的熟悉感如潮水般翻涌而来，方景轩动作极轻极缓地晃了晃脑袋，想让那种奇怪的感觉脱离自己的身体，以图再度拿回自己大脑的掌控权。

那些因在时间长河中浸泡过久而破碎残缺的记忆纷纷浮出水面，像镶嵌在夜空中的星子一般闪烁着寒芒，而后再以肉眼可见的速度，飞快拼凑成一幅幅画卷，犹如放电影般一帧一帧在他脑子里跳跃。

那些熟悉而又陌生的画面渐渐融入他的记忆，他却分不清，究竟是在他梦中出现过的景，还是他曾经历过，却逐渐被时光所掩埋住的回忆。

他脑子无端变得有些混乱，恍恍惚惚间，就已启唇说了句："我在哪里见过你？"

那是一种玄妙而又熟悉的感觉，让他再度回想起某个流萤漫天的仲夏夜，枝干遒劲的古老木芙蓉，以及看不清面容的蹁跹古装丽人。那段记忆时而模糊，时而清晰，像是不断出现在梦中的场景，又像是一段被封印在自己童年的记忆。

他这话说得没头没脑，又缺乏逻辑，具霜自然听不懂，也不会去听。

回答他的只有一声巨大的声响，以及一道刺目的绯红彩光。

具霜本就庞大的身子再度拔高数丈，茂密的枝叶遮天蔽月，此时此刻的她堪称真正意义上的参天大树。

月光与路灯被遮蔽，方景轩眼前一片黑暗，唯独正前方那只半透明的山寨幽灵身上散发出点点幽光，就像不见一丝光明的深海中所潜伏的水母一般悠悠游来。

不待它靠近，具霜枝干上的所有树叶都朝一个方向旋转，又有一道耀眼的绯红光芒爆射而来，他尚未来得及发出质疑，那团懵了的山寨幽灵就已回过神，忽地飘移过来。

缠在他腰间的枝叶仍未撤去，仿佛有一道温柔的力量似水幕般将他与这个世界完全隔绝，数不尽的枝叶在他眼前交叉蔓延，形成翠绿的屏障，完全隔绝他的视线。

他不知屏障后面究竟发生了什么，只知道在翠绿屏障出现的一瞬间，地面就开始轻微动荡，而后眼前所有遮蔽物都像烟雾一般从他眼前消失，就连那遮天蔽日的木芙蓉树都在瞬息间消弭不见。

银月顷刻间洒落方景轩满身华光，他微微眯着眼，环顾四周一圈，企图找到具霜的身影，却听地上传来一个细嫩的嗓音。方景轩背脊顿时僵了僵，一股不好的念头霎时涌上心头，猛地低头一看，却见草地上蹲了个软绵绵的小女娃，正睁大一双水灵灵的眼睛巴巴地望着他。

他嘴角抽了抽，沉吟片刻，方才挤出一句话来："你……是具霜？"

那一脸呆愣地蹲在地上的小女娃就是具霜，她显然还未适应自己又变回人形的事实，傻愣愣地盯着方景轩看了许久，才木木地点了点头。

她突然变回原形倒是有理可推，又莫名其妙从一棵树变成小孩就真心让人觉得匪夷所思。

只是，具霜着实不晓得自己又戳到了方景轩哪根不得了的神经，明明他上一刻还流露出了几分关切之色，下一秒就立马翻脸不认人，面色阴沉似水，简直比烧锅炉的底还要黑上千百倍。

原本陷入沉思无法自拔的具霜只觉周身一凉，半天才意识到，总裁大大似乎又开始生闷气了，被冷气冻得不禁打了个哆嗦的具霜揉了揉蹲到发麻的腿，连忙后退。

换作平常，方景轩放完冷气后顶多就是不理人，这次却一改常态，犹如寻觅到猎物的豹一般目光紧锁具霜，并且携着强大的威压，一点一点朝具霜逼近。

具霜本就腿麻，这下退都退得不利索，好不容易从地上爬起，又"吧唧"一声摔倒在地上。

眼看方景轩离自己越来越近，具霜简直心急如焚，可越是心急，越容易出乱子，接连在地上扑腾了好久都没能爬起来。

瞬息之间就有大片阴影犹如夜色般笼罩在她身上，那股似兰非兰似梅非梅的味道突然之间变得极其浓烈，几番挣扎都不幸告败的具霜终于决定放弃，颓然看着方景轩的脸在自己眼前不断放大。

无力挣扎的她在阴影完全将自己覆盖时赫然闭上了眼，却无预料中的疼痛感落下来，而是有什么东西被人从她蓬软的发上捻走，动作很轻很缓，柔到让她怀疑是不是自己出现了错觉。

她有一瞬间的怔忪，迟疑片刻，方才偷偷将眼皮掀开一条缝，这一眼只见皓月当头笼下，方景轩整个人都融在一片银白光辉下，弯在嘴角的笑意柔软得不可思议。

他眼睛里有什么东西在无声流淌，层层叠叠，仿佛漾着被揉碎的星光。具霜只看一眼，便像触电一般收回目光，神色越发紧张。

方景轩在她头顶轻笑，愉悦而低沉的嗓音丝帛一般缠绕住她的身体，她无端觉得口干舌燥，面上又腾出燥人的热气，向来巧舌如簧的她莫名失去了与之抗衡的勇气，快快地垂着脑袋，又是懊恼，又是生气，却又不知自己因何而懊恼，因何而气，气呼呼地鼓起了腮帮子。

相较于具霜的恼羞成怒，方景轩看起来要气定神闲得多。

在具霜看来，他本就变化多端阴晴不定，她自诩见多识广又脸皮厚，在方景轩面前却总被压得死死的，彼时的她尚不知道自己为什么会这么反常，只当一切都是方景轩的纯阳之身在作祟，从未往别的方向想。

又在心底暗叹了声纯阳之身就是牛，具霜终于再度抬起了脑袋，这一下偏生好死不死又撞上方景轩的视线。

这一次具霜不再躲避，逼迫自己迎上方景轩的视线。

瞧具霜这么一副视死如归的模样，方景轩忍不住笑出了声，朗润声线宛如清风般散入夜色里。

具霜被他这突如其来的笑给惹恼，瞪大了眼睛嘟囔着："有什么好笑的。"

听到具霜的吐槽声，方景轩非但没停下，反倒笑得越发欢畅。对此具霜感到很苦恼，心中默默想着，难不成这货突然傻了？

这种话具霜自然是不敢说出口的，一脑袋问号的她眯着眼足足盯着方景轩看了半分钟，方景轩的笑意才有所收敛。

他清了清因闷声笑太久而渐渐变嘶哑的嗓子，说话的时候眉眼依旧向上舒展，似乎心情很愉悦。

具霜心中白眼早就翻破天际，用看傻子一样的眼神瞄着方景轩，却不想，下一瞬她那本就蓬乱的发又惨遭方景轩的毒手。他眼睛微眯，唇线紧抿，像替猫咪顺毛一般揉搓着她的发，来回搓了近十下以后，方才敛去流露在面上的笑意，又摆出副讨债脸，一本正经地说了句："手感不错。"

　　方景轩一语落下，具霜表情突然变得无比复杂，她一脸莫名地盯了方景轩许久，半晌才愤愤不平地出声："你整这么一出，该不会就是为了揉我头发吧！"

　　方总裁一脸傲娇地昂昂脖子，不予作答。

　　具霜不死心，半眯着眼睛凑上去："不说话就表示默认！"

　　方景轩眉头轻挑，又伸出手来，慢条斯理地往具霜脑袋上揉。

　　具霜无语："哪这么无聊啊，你！"

　　方景轩一改常态，出乎意料地接了具霜的话："想不到变小了更好玩。"

　　他话一落下，具霜算是彻底炸了毛："什么叫变小了更好玩啊！方景轩你给我解释清楚！"

　　方景轩若真给具霜解释了就不叫方景轩，他依旧四平八稳地摆着张讨债脸，手却不老实地伸到具霜头顶，并且嚣张至极地揉了好几把，直到具霜完全黑了脸，他也不停下。

　　具霜只觉这辈子从未受过如此屈辱，声音凉飕飕地从她牙缝中挤出来："你再揉一个给我看看！"

　　最后一个字尚在舌尖上打转，方景轩刚准备抬起的手又落了下去，片刻以后，他寒冰碾玉似的声音幽幽传来："你有意见，嗯？"

　　具霜好不容易腾起的怒火就这样被冰碴儿给彻底浇灭，她摇头似拨浪鼓，一脸谄媚："不不不，能为总裁大大效劳是我的荣幸，您继续，您继续。"

　　具霜这么一说，方景轩非但没继续，反倒停了下来，突然一脸高深莫测地盯着具霜的眼睛，说出的话意味不明："这件事就此撇过，我们继续另一件事。"

　　具霜心中一个激灵，连忙眨巴眨巴眼，一脸纯良的样子："你在说什么呀，我怎么听不懂？"

　　"你确定？"方景轩嘴角微翘，扬起个意味不明的笑。

　　一时间具霜心念百转，答案是什么已经显而易见，她赶紧捂住嘴连连后退，眼露惊慌："有事咱好好说！"

　　方景轩笑得越发高深莫测，叫具霜直打冷战。他掰着指头与她娓娓道来："相识至今我统共与你告过两次白，第一次是在车上，你在质疑我是否会有喜欢的人。第二次是当天晚上，你问，我将来的老婆会不会被闷死。而今是第三次，你还要装到几时？"

　　具霜面色变了又变，心绪无端变得复杂至极，这样的问题她是真不想去回答，下意识又想去逃避。

"哈哈哈，你在开玩笑嘛！"

方景轩不言不语，就这样冷冷注视着她。她独自一人像个小丑似的捂着嘴笑，却越笑越觉得自己笑容僵硬。

她尚未想出更好的措辞，身后就有大片阴影似夜色般席卷而来，一点一点吞噬掉她与方景轩的身影。

具霜顿时愣住了，方景轩亦神色不明地扭头望向身后。

只见无边的墨色紧紧包裹龙兰的身体，他左手紧握妖力凝聚而成的剑，右手拖着已然断去一截尾骨的"西方恶龙"，低垂着头，一步一步自黑暗中走来。

他低垂着脑袋，既不说话，也未曾露出整张脸，整个人阴郁到让人觉得诡异。

2. 不同寻常的夜。

别说是方景轩，就连具霜神色都变得十分古怪，她不明白龙兰为什么会突然变成这个样子，刚要发出质疑，那个神色异常的龙兰就已经开口说话："恶龙已被我屠杀，我接下来需要做什么？"他声音很缓，尾音拖得极长，细细听去还有些机械化，像是突然被什么东西给控制住了一般。

具霜听得心惊胆战，刚准备跑过去，就被立在一旁的方景轩拽住手腕。

　　具霜挣了挣，方景轩反倒抓得更紧，具霜猜不透方景轩的用意，一眼望去，只见他眸色阴沉似水，倒让原本有几分冲动的具霜瞬间清醒。也对，龙兰现在这么异常，贸然跑过去，自然不太妥当。

　　具霜眼神逐渐清明，神态也变得越发镇定，这时候再将那龙兰仔细打量一番，就能发现很多问题。

　　于是，在具霜尚未作出任何回击的情况下，方景轩十分突兀地开口了，他冷冽的声音如利刃般划破夜的宁静，有着寒冰碾玉般的质地："你不是真的龙兰。"

　　方景轩此言一出，周围又是死一般的寂静。

　　具霜简直痛心疾首，她右手无力地搭在脑门上，对方景轩轻声叹道："你也忒实诚了吧，这种情况难道不应该再与他周旋一段时间努力套话吗！"

　　具霜话音才落，她就觉一阵风突而自自己身边划开，那股已算不上完全陌生的香味再次萦绕在鼻尖，待她完全意识到发生了什么的时候，她整个人已经呈麻袋状被方景轩扛在肩上。

　　她莫名觉得整个人都处于一种很懵的状态，这大抵是她有生之年第一次被人当麻袋似的扛着跑，这种感觉……嗯，似乎还不错，就是颠簸太厉害而导致她心跳快了点，不过真的是因为颠簸太快才导致心跳加速的吗？

具霜觉得自己似乎有些迷糊，脑袋也渐渐有些晕，却不似先前那般晕得脑仁发涨，而是整个人都处在一种十分微妙的状态。

方景轩方才所说的话语一遍又一遍在她脑子里转。

她之前一直不明白自己究竟是怎么了，每一次与方景轩近距离接触，她都有种不自在的感觉，事已至今，她又怎会不明白，那并不仅仅是方景轩是纯阳之身的问题。

花开两朵各表一枝，这里具霜正被方景轩扛着跑，那边神色异常的龙兰已然停止前进。

妖力凝聚出的剑像冰块一般在他手中消融，他有些茫然地立在原地，拽在右手上的"西方恶龙"尸体突然间如细沙一般化开，窸窸窣窣从他掌心漏出。

他脑子里又像上次一般无端冒出个阴冷的声音，一遍又一遍，如同呓语般在他脑海中碎碎念，不断提醒着他。

他无比痛苦地蹲在地上抱住自己的脑袋，不断嘶吼出声，意图阻断不停在脑子里回响的阴冷声音。

那个声音自具霜与他一同被赶到别墅外晒月亮的夜晚开始出现。

不曾说别的话语，一直絮絮叨叨不停念着同一句话："具霜命定之人拥有纯阳之身，他已现身，你终将会遭抛弃！"

那是龙兰在心中藏了近八百年的秘密。

草木一族与其他妖类不同，生出灵智的条件更苛刻。

在龙兰化形前的一百年，他便生出了灵智，而具霜则是第一个被他映入脑子里的女子。

或许是与花妖天生偏阴偏柔有关，绝大多数花妖甚至都未做过多的考虑，直接便化作了女儿身，若不是具霜的出现，龙兰当初大抵也会选择化作女子。

不断在他脑子里回荡的声音越来越急促，越来越嘶哑，就像一个歇斯底里的囚徒贴在他耳畔低语，喑哑、聒噪，却有着致命的吸引力。

他无比痛苦地抱住自己的脑袋，蹲在铺满落叶的湿润土地上，试图缓解从大脑中传来的撕裂一般的疼痛。

然而一切都是徒劳的，疼痛未曾停歇，犹如潮水般一波一波涌来，自脚底向上蔓延，层层覆盖住他尚存的意识。

浓墨一般的黑气在夜色中不断涌来，一股脑钻入他如残叶般在风中战栗的身体里，他本就染上一丝污浊之气的灵台再度被黑气所侵染。当他的灵台完全被黑气所充盈，形成糨糊一般黏稠的雾气之时，耳畔又传来一道冰冷的声音，潮湿、滑腻，仿佛有毒蛇盘在他耳旁吞吐蛇信。

"怎又不听话了？分明上次给你那好姐姐下药的时候还那般积极，啧，真该治治了。"

他的身体逐渐发软，如水一般瘫在黑山道人冰冷的怀中。

他身旁已然碎成一堆沙的恶龙尸体在黑山道人的操控下再度塑形，凝成一具与龙兰一般无二的躯体，神色诡异地穿透雾色缓步而去。

就在细沙塑成的假龙兰穿透雾色而去之时，瘫在黑山道人怀中的龙兰突然猛地睁开眼，试图从黑山道人怀中挣脱，阻止假龙兰的前进步伐，奈何他刚要挣扎，就被黑山道人所控制住。

龙兰的眼睛在一瞬间涨得通红，双手紧握成拳，却无论如何都无法挣脱。

在他心生绝望之际，黑山道人的声音又阴阳怪气地响起："啧啧，你对那小芙蓉花精倒是上心。"

黑山道人话音才落下，龙兰便满脸警惕地望着他，已然忘了挣扎。

黑山道人瓮声瓮气的声音再度自青铜面具后传来："既然如此，不如我们打个赌，就赌你那好姐姐能否认出你。"

龙兰一片死寂的眼睛里终于有了些许流动的情绪，就在这时，黑山道人的声音径直扎进龙兰的脑子里："倘若这一局你输了，你便要再替我做一件事。"

　　根本没有选择的余地，黑山道人话音才落，龙兰整个人便如同被控制一般，木然起身，跟在假龙兰身后走……

　　麻袋一般被方景轩扛在肩上的具霜无端觉得自己此时不应该如此沉默，她故作深沉地咳了两声，尚未来得及说话，就被平地刮来的阴风灌了一嘴的沙。

　　她"呸呸呸"吐出几口细沙，随口就来了句："总裁大大，我们要去哪里呀？"

　　方景轩此时哪有空搭理具霜。

　　具霜也早就习惯这种吃闭门羹的感觉，更何况她也不是真希望方景轩搭理自己，与其说她是在与方景轩搭话，倒不如说她是在用这种无聊的方法宣泄自己的情绪。

　　是的，她急需宣泄，一直这样闷下去，她觉得自己大概会死在方景轩肩上。

　　方景轩奔跑速度很快，凉风呼呼扫着她的面庞刮过。

　　不过须臾，那拖着断尾"西方恶龙"缓步前行的龙兰就被甩得没影。

方景轩毕竟是血肉之躯，并非铜铁铸造，扛着具霜一口气跑出这么远难免会累、会喘气。

　　他在一棵巨大的香樟树旁停下来。

　　此时四周一片死寂，明晃晃的下弦月不知何时变成血一般的深红，周遭吹来的风透着森冷之意，迎面刮来，凉气顺着毛孔一路钻入骨髓里。

　　原本还想继续说话的具霜面色冷凝，出于妖的直觉，她隐约察觉到接下来定然会发生什么不得了的大事情。

　　正如她所料，这种意识才生出不久，后方就传来一阵急促的呼吸声，那声音本不会轻易被人察觉，只是这个夜格外静，静到仿佛连时间都已经停止。

　　原本准备停下来歇息的方景轩也发现了四周突然变得十分异常，却什么也没说，只是沉下脸扛着具霜继续往前冲。

　　这次他奔跑的速度比上一次要更快，具霜只觉晚风迎面刮来，身下越发颠簸，连带着她整个视线都在一同晃动。

　　不断从地面掠来的风沾染了丝丝腥膻之气，像是血的气味，又像是什么生物被埋在地底正在一点一点地死亡腐烂。

　　具霜立即拍了拍方景轩的肩，方景轩脚下一滞，她便趁机贴在他耳畔说了声："跑慢点。"

方景轩虽然不知道她究竟有何用意，却依旧照办，奔跑的速度明显放慢了很多。

具霜下意识地眯了眯眼，嘴角不受控制地自动扬起，随后便开始不动声色地调节自己体内缓慢流淌的妖力。

先前变作参天大树的时候，她只是无法动弹，体内妖力尚未被堵塞，而今她虽然可以自主行动，战斗力却又大打折扣，她身上妖力不能乱用，不仅要找对时机，还得把控好那个量，否则她可不确定自己会不会打到一半就因妖力枯竭而再次变回一棵树。

四周不知何时升起了糨糊一般浓稠的白雾，方景轩刻意放慢了步伐，由奔跑转变为一步一步小心翼翼地行走。他与具霜谁都没开口说话，两人皆心事重重，只想一举冲出这个磨人的结界。

高大的人影藏匿在浓得化不开的雾色中，沉重的呼吸声在迷雾中越拉越近，却又始终与他们保持着一定的距离，叫人猜不透浓雾中访客的用意。

具霜觉得自己快要被这种奇怪的感觉给逼疯了，她忍不住戳了戳方景轩的背，刚要张嘴说话，就被一阵急促的脚步声给打断。

她可以清晰地听到，自那脚步声出现以后，原本一直尾随在她与方景轩身后的沉重呼吸声便突然消失，仿佛它从未出现，只是具霜过于紧张而出现的幻觉一般。

　　随着脚步声的出现，具霜清楚地察觉到方景轩的身体随之一僵，全身肌肉都在一瞬间绷紧。与此同时，一道算不上低沉的男声穿透夜色，徐徐传来，让方景轩本就凝重的面色更显冰冷。

　　那人语调轻松，像是对这种诡异的场景置若罔闻，厚重的浓雾随着他声音的传递而渐渐散开，露出他高挑的身影，他说："你们这是在干什么，跑这么急作甚？"

　　方景轩这种锯嘴葫芦又岂会轻易跟人搭话，况且来人要真是龙兰，又怎么可能一开口就是"你们"，龙兰眼里只有具霜，方景轩这个情敌自然而然会被视作空气来对待。

　　具霜看似大大咧咧，却也不傻，起先她还没看出什么地方不对劲，只是莫名觉得"龙兰"看起来怪怪的，却又说不出他究竟哪里怪，稍后再细细回味一番才发现问题之所在。

　　具霜简直不知道该称赞自己机智还是该说那山寨货傻，连底都没摸透，就跑来假扮人家，简直就是智障才会做的事嘛！

　　努力敛去流露在表面的异色，具霜尽量让自己的声音听上去显得平和，装出一副惊讶至极的样子："你到底从哪儿冒出来的？

刚才那个杀龙的到底是不是你？"

"杀龙？""龙兰"一路走来，迷雾一路消散，原本面上还有几分轻佻之色，这下全都被震惊所取代，"你瞎说什么呢，我哪有杀龙？明明我才从无量山回来，结果一来就发现这里成了这副德行。"

"哦……"

具霜意味深长地拖长了尾音，神色有些狐疑。

"龙兰"即刻炸了毛："啧，你这眼神又是几个意思，难道在怀疑我？觉得我说的话有假？"

具霜不置可否，既不说是，也不否认，就那么高深莫测地望着他。

方景轩也未发表任何意见，任凭具霜与"龙兰"这般僵持着。

起码过了半分钟以后，具霜方才慢悠悠收回视线。

与此同时，浓雾尚未散尽的右后方再度传来另外一个龙兰的叫嚷声："哎哟，我去，这都是些什么鬼啊，滚开！滚开！大爷我不想鸟你们！"

话音才落，又有刺耳的爆破声以及血肉炸裂的声响传来。

具霜神色即刻变得有些微妙，而那最开始出现在具霜以及方景轩面前的"龙兰"却霎时在他们面前散开，就那么一会儿的工夫就消失得无声无息。

那头龙兰的咒骂声未有停歇，仍是那么聒噪且粗鄙，与他那张倾国倾城的脸一点儿也不搭。

具霜深深叹了口气，看吧，这就是自己一手带大的娃。

随着咒骂声不断地拉近，具霜终于看到龙兰现出了身影。

而今出现在具霜面前的乃是真正的龙兰，如果说，他一开始出现在具霜面前是受黑山道人的操控，那么现在，也就是在见到具霜的一瞬间，他已然清醒，而今所做一切皆有意识。只是，他并不知晓，具霜今晚一连遇到了两个假龙兰，而今正是防备最深的时候，而这一切也都是黑山道人使的计。

具霜能看到龙兰，龙兰自然也能看到被方景轩扛在肩上的具霜，两妖视线那么一冲撞，龙兰又扯着嗓子发出一声鬼叫，颤颤巍巍地指着具霜："你、你、你……怎么变成这副德行了！"

具霜两手一摊，一脸生无可恋："我唔知（不知道）呀……"顿了顿，又单手托腮补充了句，"你知不知道刚才有人冒充你？"

听到这话，龙兰有一瞬间的迟疑，旋即便怒了："谁那么臭不要脸！竟敢假冒小爷！"

龙兰自然能够猜到，在他来之前具霜所遇到假扮他之人正是黑山道人所操纵的碎沙，却不曾料到，自己这一瞬间的迟疑却让具霜对他产生了怀疑。

"我也想知道呢。"具霜仍维持着那个姿势，紧接着又对龙兰招了招手，"说起来我刚刚发现了一件十分奇怪的事，你过来，我得悄悄告诉你才行。"

龙兰面露狐疑之色："什么事弄得这么神神秘秘的？"话虽这么说，却还是往前走了几步。

眼看龙兰离自己越来越近，具霜又突然变了主意："停停停，你就站在那儿，别靠近了。"

龙兰简直想给具霜甩个大白眼："你究竟要做什么！到底是想让我靠近呢，还是不想让我靠近呢！"

具霜笑嘻嘻地盯着他："自然是不想让你靠近咯。"她话音才落，就有一道绯红的妖气自她掌心凝出，"砰"的一声击在龙兰身上。

血腥味霎时在空气中漫开，方景轩趁这个空当又扛着具霜跑出几十米。

具霜身下颠簸依旧，她却还能在这种环境下颤着声音与方景轩邀功："是不是觉得我很机智！"

方景轩忙着跑路，压根就空不出时间来回应她，具霜也不恼，全然将这当作她一个人的主场："其实我让他靠近，是有两个目的，一呢是我现在妖力大退，他刚刚所站的位置正好处于最佳攻击范围以内；其次呢，我也是在做最后的检测，检测他究竟是不是真正的龙兰。"

她早就习惯自说自话，也没想到方景轩会仔细听自己的话，更没想过，自己不停地唠叨能得到方景轩的答复。

是以，当方景轩一本正经地问道"你凭借什么判断出他并非真正的龙兰"时，具霜反倒懵了。

被方景轩这么一打岔，她都记不起自己刚刚要说什么来着……

具霜犹自思索着自己先前要说什么话，方景轩又从鼻腔里发出个销魂至极的单音节，以表达对具霜半天不回答自己问题的不满。

具霜暗暗抚平自己胳膊上的鸡皮疙瘩，如实说："其实我差点就要相信他是龙兰了，判断出的理由很简单，只有两点，其一是，我问他知不知道有人假扮他，他却并未立即回答，足足迟疑了两息方才回复我；其二，他若是真正的龙兰，就绝不会隔着老远与我传话，自然会在看到我的第一时间就跑过来。"顿了顿，她又弯着眼，补充道，"我与他朝夕相处八百年，即便他只是皱皱眉头，我都能猜出他在想什么，这便是默契。"

具霜自认为这话说得没什么不对，方景轩却又像吃错药了一样，开始乱放冷气，冻得具霜搞不清自己究竟说错了什么话。

她向来耿直，有问题就会问，一般情况不会憋在心里。

"那个，总裁大大……难道我又说错了什么吗？"

她总觉得自己说这话的时候没啥底气，却又闹不明白究竟为何没底气，百思不得其解地等待着方景轩的回复。

她倒是忘了，方景轩不但是个锯嘴葫芦，还是个阴晴不定的总裁大大，说生气就生气，说不理她就不理她。

等了许久都没得到答复，具霜不免也有些小脾气，再没有与方景轩继续交谈下去的意思。

整个晚上，方景轩似乎都在扛着具霜跑，他平日里虽然也爱锻炼，却也经不起这样的折腾，更何况他早就有所发觉，无论自己如何跑，都在绕圈子。

终于，他决定放弃，二话不说就将具霜从肩上甩了下来，虽说是有些蛮横地甩，关键时刻还是使了一把力，托了托具霜。

具霜本就有些生气，觉得自己好歹也是一方山主，动不动就被这凡人甩脸色，着实有些憋屈，于是在屁股落地的一瞬间就炸毛了。

具霜毫不留情地坐在地上指着方景轩鼻子破口大骂："老娘活了千把年还是头一次见你这样的人，总裁了不起哦！老娘还是一山之主呢！"

方景轩出乎意料地没与具霜去计较，眸色沉了沉，只道："你确定要在这时候与我闹？"

此话一出，具霜瞬间觉得自己成了个无理取闹的小姑娘，想着想着，又觉得有些愤愤不平，明明是他先甩自己脸色的，怎么就变成她无理取闹了呢，还有难道他不觉得这话听上去有歧义！什么叫作"你确定要在这时候与我闹"，弄得他俩像对闹别扭的小情侣似的！

具霜气归气，理智倒是没被丢失，随后稳住心神想了想，也觉自己不该在这时候与方景轩吵，两个要逃命的人跑着跑着就吵起了架也太不像话。

于是，她只能将那些不悦统统压入心底，尽量心平气和地去与方景轩说话："大概是黑山道人在这附近布了个结界，我对奇门遁甲类的玩意儿向来不甚了解，估计一时半会儿是破不开，也就是说，我们暂时应该逃不出去，不过你也不用急，你身上阳气重，黑山道人没法靠近你，至于剩下的那群小喽啰，倒也好应对。"

稍作停顿，她又接着说："只是不知道龙兰那边究竟怎样了，倒不如我们就待在这儿等他过来。"

方景轩既没说好，也没说不好，神色不明地倚靠在一棵粗壮的香樟树下低声喘息。

　　具霜撇撇嘴，兀自盘腿坐在了草地上，两手托腮望着头顶那轮红月发呆。

　　她神思恍惚，思绪一下飘出老远，等她意识到周遭氛围有些不对的时候，方景轩已然俯身压了下来。

第六章

— 疯了吧，你 —

1. 万恶的资本家从来都只懂得压榨，你很快就能体验。

阴影瞬息笼罩住具霜，方景轩的脸在眼前不断放大。逃跑的过程中，方景轩身上流了不少汗，身上的气味越发浓烈，那股似兰非兰似梅非梅的气息像细密的蚕丝一般密密匝匝包裹住她的身体，她忍不住心中一悸，想要即刻起身逃跑，却被方景轩蛮横地拢入怀中。

他的声音自头顶传来，听上去有些闷闷的，随风扫入耳朵里，有着丝丝酥麻的感觉。

具霜觉得自己要疯了，莫名其妙觉得就这样被方景轩抱着也挺好。

　　四周本就静得可怕，方景轩的声音甫一出口，就被扩大无数倍，他说："我想，我大概在嫉妒龙兰。"

　　具霜心脏猛地一缩，虽然早就意识到方景轩要说什么，她还是选择了做缩头乌龟，连忙粗暴地截断方景轩接下来要说的话："所以你是在嫉妒他比你长得美？"

　　连她自己都觉得话题转移得生硬，更何况方景轩。

　　话一出口，她就觉得自己仿佛在瞬息之间失去了所有的力气和勇气，既不敢直视方景轩的眼睛，也不知该怎么圆自己这拙劣的话题。

　　具霜把头深埋在方景轩胸口，即便没用眼睛去看，也能感受到他的视线从未离开过自己。他略显冰冷的声音缓缓响起，自她繁乱的心田流淌而过，非但没能抚平她的燥意，反倒更添烦恼。

　　"你究竟在害怕什么？又究竟要逃避到几时？连坦然面对的勇气都没有，你又该如何与我周旋下去？"

　　同样的话语又一次在耳旁响起，不似第一次那般轻柔，明显带着几分侵略性的质疑。

　　害怕？

听到这样的话语从一个弱小的凡人口中传出，具霜本该觉得好笑，却发觉自己嘴唇僵硬，无论如何都扯不开嘴角。

方景轩在逼近，周遭空气里满满都是他身上所散发出来的气息，冷冽悠长，富有攻击性。

具霜能够明显感受到自己在不停地颤抖，犹如狂风中不断摇摆的木槿，她将全身的力气都集中在咽喉那一块，试图让自己发出声音，可喉咙里却像是被沉重的铅块所堵住，连呼吸都无比艰涩。

一时间仿佛跨越了漫长的亘古时光，串连了无数个极速飞逝的岁月，又像只是昙花一现的弹指瞬间。

她没有力气去狡辩，嗫嚅许久也只能从微微张启的嘴唇里发出一个破碎的单音节。

想说的话语尚未溢出唇齿之间，她便觉唇上一暖，而后再也发不出任何声音。

她的唇被两瓣温热而柔软的东西反复啃咬碾压，脑袋里像是有根紧绷的弦在瞬息之间被人蛮横地扯断，她的呼吸突然变得十分急促，脑子亦乱成了一锅粥。

她不明白事情为什么会演变成这样，此时此刻只有一个念头在心尖萦绕，绝对不能让自己就此沉沦。

身随心动，她即刻铆足了力气将方景轩推开。

而今的她虽妖力受阻，却不似第一次见面时那般虚弱无能，一瞬之间就脱离方景轩的桎梏，边用手背擦着自己的嘴唇，边瞪大着眼吐槽："疯了吧，你！"

方景轩红着眼，呼吸粗重，嘴角却不自觉地扬起个自嘲的笑："对，我是疯了。"

他话音才落，又有一团阴影向她笼罩而来，他的声音含糊而破碎，一字一句，被送入她微微开启的唇中。

"因你而疯！"

具霜突然觉得自己也要疯了，"因你而疯"四个字不断在她脑子里回荡，渐渐地，她觉得自己仿佛失去了与之抗衡的力量。她紧闭的牙关不知何时被撬开，异物的侵入让她微微皱起了眉头，她明明想要抗拒，身体却像完全失去了控制，他们之间的往事犹如幻灯片般一帧一帧地跳跃。

她不明白，明明他们之间相识的时间这么短，为什么会发展成这般，更不明白的是自己是否看透了自己的心。

明月藏匿在薄云中若隐若现，逐渐失去光彩，天色不知何时开始变亮，东方天际渐渐泛起了鱼肚白，四处游移的浓雾在第一缕阳光照射下来的一刹那全部消弭不见，可见度逐渐升高，一点一点显露出藏匿在浓雾之中的修长人影。

是龙兰。

他仍保持着妖化后的形态，一袭明紫色的法衣早就破烂不堪，从脚踝至鼻梁，全身统共四十九处伤，将他原本色彩明亮的法衣染得一片濡湿。

他怔怔望着紧拥在一起的二人，修长的手指微曲，紧握成拳，略显尖利的指甲深深陷入掌心，又添几道伤痕。

他胸口之上尚残留着具霜那一击所添的伤。

黑山道人的话语不停地在脑中回荡。

他说："不如我们打个赌，就赌你那好姐姐能否认出你。"

结果如何不言而喻，他输得彻底。

黑山道人的笑声越发张狂肆意："看呀，这便是与你朝夕相处八百年的好姐姐！"

难以言喻的眩晕感一波一波覆盖具霜全身，突然冒出的一丝阴冷之气迫使她的灵台瞬间清明，她紧闭的双眼瞬间睁开，平静而淡漠地注视着近在咫尺的方景轩，而后渐渐积攒起力气，以一把推开方景轩作为这场闹剧的收尾。

具霜推开方景轩的一刹那，龙兰紧握在一起的拳终于松了松，嘴角亦扬起个祸国殃民的笑。

他正欲踩着一地淤泥缓步前行，灰蒙蒙的天际之上突有一道曙光破云，阳光完全钻透云层的那一霎，虚空之上仿佛有什么东西在顷刻之间就裂成了碎片，遇风则散，纷纷扬扬，如柳絮一般飘荡开。

顿时，有无数种声音一同灌入方景轩与具霜的耳朵里，其中还包括龙兰软绵的撒娇声。龙兰行走的速度很快，几乎已是在御风而行，不过须臾，就已抵达两人身畔，有气无力地瘫倒在具霜眼皮子底下，喘着粗气："姐姐，我好累。"

浓郁的血腥味伴随着他的声音一同扩散，原本还在与方景轩一同纠缠的具霜即刻挣脱方景轩的怀抱，连忙抱住龙兰。

方景轩的脸色在这一刻阴沉得吓人，却又无任何表示，就那么冷冷地注视着已然抑制不住愉悦心情而微微扬起嘴角的龙兰。

龙兰嘴角笑意扩得越发大，与方景轩视线撞上的那一瞬间几乎可以用璀璨来形容。他满脸挑衅地收回视线，顺势蹭了蹭具霜的肩，想都未想便与具霜说："我刚刚看到那个凡人吻了你。"

具霜脸上泛出不自然的潮红，随即欲盖弥彰地道："别理他，他丧心病狂，连萝莉都不放过！"

她不说倒好，一说这话龙兰的眸色明显暗了暗，而后他又勉强挤出一个笑，声音却有些闷闷的，他说："我想回无量山了。"

他这话说得突然，猝不及防听到这话的具霜又是一愣，过了好一会儿才缓过神来，她用开玩笑的语气道："回去等着挨黑山道人的揍吗？"稍作停顿，神色也逐渐变得端庄，连带语气都变得严肃且正经，"我这是在与你说正事，这时候跑回去，万一黑山道人再找上门来又该怎么办？"

大抵是真没预料到具霜会这么轻易地拒绝自己，龙兰神色骤变，说出的话语像是在与具霜置气："既然无量山回不去，我们再寻别的去处便好，总之，我不想继续待在这里。"

与龙兰朝夕相处八百年的具霜又怎听不出他藏匿在话语里的小脾气，换作平常，她或许能耐着性子去与龙兰沟通，询问他原因是什么，这次具霜是真有些累，以身心疲惫来形容都不为过。

她只斩钉截铁地说了两个字："不行。"

"为什么？"龙兰却瞬间崩溃，声音突然拔高几分，原本就算不上低沉的声音无端变得尖锐，"难道是因为这个凡人？"

无论具霜是想承认还是不想承认，她都清楚地知道，自己早就已经沦陷，她就像个溺水的孩子，不断在一潭死水中胡乱扑腾，前方有帆船有浮木，她却视若无睹，任由自己像块巨石般在水中不断下沉。

她深深吸了一口气，微凉的气息伴随晨风一同被她吸入呼吸道里，她仿佛思考了很久，又像是在一瞬之间就做出了抉择，压低了声音与龙兰说："我与他订了契约，你该明白的，我们妖族一旦与人定下契约就必须履约，否则不但过不了天劫，还有碍修行。"

龙兰顿了顿，眼神中有具霜所看不懂的东西在流淌，那眼神刺得具霜心口发酸发疼，她却下意识撇过头去，不让自己继续看。

龙兰的心在这一瞬间冷却，然后具霜听见他说："我懂了。"

具霜又怎会明白龙兰究竟懂了什么，她嘴唇微微扇动，还想再说些什么，龙兰却已起身，一把拍开具霜的手，御风消失在她视线之中。

具霜只觉得这是一个无比糟糕的夜。

无论是方景轩还是龙兰都简直莫名其妙。

一直保持沉默的方景轩想要去拍具霜的肩，刚要触及，就被她躲开。

即便方景轩此时此刻觉得很无奈，他也只能装出一副云淡风轻、若无其事的模样，内心深处却开始寻思，该如何执行下一个战略。

具霜不知方景轩心中所想，犹自沉浸在龙兰突然抽风跑掉的悲痛之中久久不能回神。

将她心神猛地抽回的是一抹突然覆住掌心的温暖。

具霜犹如触电般，全身猛地一颤，而后迅速想将自己的手从方景轩手中抽出。

奈何方景轩那厮抓得太紧，具霜再使大点劲儿，方景轩这厮多半就得废了，作为一只"刻苦"清修的好妖，具霜做不出这种残忍的事，只得忍气吞声，任由他牵着自己，还不断在心中给自己催眠，左右自己现在缩小了，也没什么便宜好占。

只是，才把自己说通不过三秒，具霜脑子里又开始回放自己先前被方景轩强吻时的画面，也不知是一时怒火攻心给气的，还是怎么的，她的脸莫名其妙就涨成了一颗红苹果，还是不断冒着热气的那种。

既然对自己的异常之处有所察觉，具霜自然就得想办法去掩饰。

奈何天不遂人愿，具霜才生出这样的念头，方景轩阴恻恻的声音便自头顶传来："你害臊了。"

是语气不容置疑的肯定句，而非疑问句。

具霜莫名其妙心虚起来，却仍旧是一副死猪不怕开水烫的姿态，咬紧牙关甩开方景轩的手，梗着脖子道："害你妹的臊！"

相比较具霜的气急败坏，方景轩简直气定神闲："我没妹妹。"顿了顿，也斜着眼瞥了具霜一眼，"即便有，估计也不会比你害臊。"

具霜真是与方景轩战一次后悔一次，方景轩其人看似正经，实际上厚颜无耻的程度堪称不要脸界的里程碑，具霜自认玩不过，也不打算继续跟他对着干了，索性木在那里不说话。

见具霜愣在原地不说话了，方景轩也不曾言语，径直走了上去，一把牵住她的手，就欲拽着她往家里走。

具霜好不容易才从狼爪挣脱，又怎会轻易继续落入他爪，自然得拼命挣扎呀。

作孽的是，她还没反抗几下，方景轩的声音又凉凉地响起："再乱动，我就抱着你走。"

方景轩这话恰似一块落入深海的巨石，具霜听罢，整个人都给懵住了，连忙摇头，连挣扎都忘了，像只乖顺的小绵羊似的，任由方景轩牵着往前走。

呆滞半晌才缓过神来的具霜不由得叹了口气，她一改往日没心没肺的形象，像个多愁善感的老妈子般语重心长地与方景轩道："年轻人，你知道我多大了吗，我的年纪都够做你太太太太太上奶奶了……"

她犹自还在酝酿下一句话，方景轩便即刻将她的话打断："所以呢？"

具霜本就尚未打好腹稿，这话也是边走边想出来的，被方景轩这么一打岔，瞬间就断了她的思路："所以……"她一脸懊恼地所以了老半天都没能说出个所以然。

眼见方景轩早就憋不住地弯起了嘴角，具霜连忙又道："所以，你就死了这条心吧！我们是不可能的！老娘也绝不会看上你这种乳臭未干的臭小孩的。"

方景轩的笑寸寸收紧，瞬间凝固在唇畔。

具霜莫名其妙心中一咯噔，心想：完了，完了，这货又得折腾出什么幺蛾子了。

然而，事实并非具霜想象中的那般严峻，方景轩这厮难得没放冷气，虽只是十分轻描淡写地瞥了具霜一眼，具霜却仍能在这一瞬之间生出满身鸡皮疙瘩，我的个妖王哪，这货又想干啥……

满身鸡皮疙瘩尚未退却，方景轩的声音却悠悠响起，他的视线仍停留在具霜脸上，最终却只说了三个字："天亮了。"

具霜无比心塞，只觉自己那些都说给了空气听，咬牙切齿与他说："我的话你到底有没有听进去。"

她的咆哮声仍在耳畔回荡，方景轩却已然牵住她的手，缓步往家所在的方向走。

她是真觉得自己要被这个磨人的小凡人给气炸，阴森森的磨牙声再度响起："方景轩！我说的话你到底有没有在听！"

初晨的风格外凉爽，吹得茂密的香樟树沙沙作响，偶有几个来此处晨跑的邻居路过，看见方景轩牵了个粉雕玉琢的暴躁小姑娘，不禁啧啧称奇，笑着打趣："这小姑娘是你家亲戚吗？看起来脾气可真大呀。"

方景轩弯了弯唇，宠溺一笑："没办法，被宠坏了。"

具霜气得只想跳脚，眼睛瞪得越发大，晨跑的邻居失笑地摇头跑远，幽静的小道上又只剩方景轩与具霜两人。

自认玩不赢方景轩的具霜幽幽叹了口气，索性认命，却又不甘心地低声嘟囔着："你这人到底讲不讲道理啊！"

方景轩嘴角弧度弯得越发大："万恶的资本家从来只懂压榨。"

具霜莫名觉得很紧张，盯着方景轩看了半晌，都没能挤出一句话来。方景轩忽然侧目迎上她的视线，声音很轻很缓："你很快就能体验到。"

2. 想不想让我解救你?

经过这样一番折腾，方景轩的家又岂能不破损。

只是具霜万万没想到，竟会破损成这种程度，毫不夸张地说，几乎连一间完整的房间都找不到。

好在这里极重视户主的隐私，每栋别墅之间都隔了很远的距离，以至于一时半会儿都没有邻居发现方景轩家的异常之处。

具霜下意识去瞄了方景轩一眼，却见他面上一派平静波澜不惊。

具霜又莫名觉得自己搞笑，明明又不是自己的房子，整这么紧张干什么呢。

具霜还想等着看方景轩做出表示，他竟然直接牵着具霜要跨进那堆废墟里。

而今的具霜短胳膊短腿的，别说让她费力跨过那些足有半米高的残墙破壁，即便是跟上方景轩的步伐都有些艰难。

于是刚抬起腿就满脸苦逼地被卡在原地的具霜不乐意了，她愤愤不平地甩开方景轩的手，直言道："要钻你钻，别拖着我！"

方景轩这才回过头去瞥了眼被卡在短墙之上迈不过腿的具霜，原本未流露出一丝情绪的面容突然绽开一笑。

他这一笑具霜只觉要被闪瞎了眼，不由得啧啧称赞，纯阳之身果然就是个移动的小太阳，简直就像圣母玛丽苏一样，走哪儿都能光芒照大地！

这厢具霜犹自沉迷于美色而无法自拔，头顶之上方景轩的声音则如清泉水般淙淙流淌而来。

"你确定不去？"

具霜暗自咬牙，唾弃自己竟然沉迷于男色而无法自拔，少顷便仰头迎上方景轩的目光，把头点得异常坚定："确定确定。"

"哦。"方景轩二话不说便撒手转身离去。

直到方景轩的身影完全融入那片废墟之中，具霜才恍然警觉，自己现在似乎正以一种滑稽而鬼畜的姿势给卡了裆……呃，说出去好丢人的样子啊！

当方景轩抱着一堆保存完好的资料，以及一部完好无损的手机从废墟中走出时，具霜仍在做最后的斗争。

具霜这两天被虐得太惨，生怕自己又会变成树所以并不敢贸然使用妖力，本着能靠自己动手脱离困境就靠自己动手的念头，具霜愣是困在这里挣扎了近一刻钟。眼见她就要从这个该死的水泥墙上挣脱，方景轩的声音又凉凉传入她耳朵里："看来你很喜欢现在这个姿势。"

这话一落下，让原本蓄足了力气抬起一条腿的具霜瞬间泄了气，面目狰狞地再度跨坐在水泥断墙之上。

具霜原本就一肚子的气，偏生方景轩还要刻意在她眼前卖弄，气定神闲地从她眼皮子底下跨过水泥墙不说，还要一脸嘚瑟地揉着她脑袋上蓬松的头发。

方景轩脸上自然不会摆出"嘚瑟"这种对他而言高难度的表情，一切都是具霜自动脑补的，在具霜看来，方景轩就是个彻头彻尾的讨债脸锯嘴葫芦，脸上永远不会出现除却黑脸和笑以外的第三种表情，哦，如果没有表情也能算作表情的话，那他大概能够拥有三种表情。

　　以具霜以往的经验来看，而今他这想笑又故作高冷的样子就已经等于是在嘚瑟了。

　　即便具霜心中再不爽，她也得努力克制住自己的情绪，白眼一翻，把心那么一横，心想着，爱揉就揉吧，左右她已经有个三四天没洗头发了，反正他再怎么折腾，她也掉不下几根头发，损失又不大。

　　也不知此时正在竭力逗具霜玩的方景轩得知具霜内心真实想法后会是怎样的感受，所幸他没有读心术，听不到具霜的心声，于是他揉得越发卖力了，边揉还边声诱之："想不想让我解救你？"

　　具霜一听连忙抬起了脑袋，却是用一种"信你就有鬼"的眼神瞥了方景轩一眼，而后又默默把头低了下去。

　　方景轩不依不饶，又接着道："你若能拉下脸来求我，我倒能考虑救救你。"

　　说这话的时候，他另一只空出来的手已然悄无声息地轻按在了具霜肩膀之上，与其说是在与具霜谈条件，倒不如讲这是专属他一人的霸王条约。

具霜突然有所感悟，昂起头来定定地望着方景轩的眼睛，由衷地感叹："从前我只以为你面瘫又闷骚，现在才发现，你还挺不要脸。"

方景轩一脸无所谓："正所谓近朱者赤近墨者黑，我终究还是无法超越你。"

具霜眨了两下眼，又一脸颓然地垂下了脑袋："你走开，我不想理你。"

方景轩面无表情地贴近："可我今天格外想理你。"

"啊——"被骚扰得苦不堪言的具霜只差以头抢地来表达自己的苦逼，她哭丧着脸，"大哥，我是真不想跟你玩了，放过我行不行，咱们人妖殊途，真的最好不要凑一起。"

具霜这话说得声泪俱下，只差真挤出几滴眼泪来表明自己的辛酸，方景轩仍摆着一副"无论你说什么，老子都不听"的面瘫脸。

在具霜看来方景轩其人可谓是凶残至极，属于什么事都做得出来的那种可怕人类，就当她完全放弃挣扎，以为方景轩会就此任由她苦逼兮兮卡在这里的时候，方景轩竟木着脸逼近，二话不说，便把手插到她胳肢窝下，像拔萝卜似的将她从墙上提了起来。

具霜整个人都有点晕乎乎的，就在这时，方景轩朗润的声音突然插入，再度搅乱具霜的心绪："龙兰你又该怎么处理？"

真是不明白，他怎会突然提起龙兰。

具霜终于明白什么叫作扫兴。

并不是说她准备就此抛弃龙兰，放任他不管。

而是她与龙兰之间自有成型的相处模式，于她而言龙兰永远都是最独特的存在，那是任何人都无法替代的，就像亲人一般。

不知是否所有人都有这样的体验，越是亲近的人，包容度反倒越低，越容易在其身上宣泄自己的坏脾气。

龙兰无缘无故地与她发脾气瞎折腾，她又何尝不气。

她平常看起来再不正经，与龙兰相处的时候也难免会带着几分母性。

仔细回想一番，具霜才恍然发觉，她与龙兰相处的岁月里，看似是龙兰对她言听计从，实际上却一直都是她在让步，像个长辈般无声包容着龙兰的坏脾气。

于是她想，或许就因为这样，才会把龙兰的脾气惯得越发大，如此才会酿就这场长达四百年的追杀。

说从来都没埋怨过那是不可能的，只不过有些事是真计较不得，就像你永远也不会与自己的亲人去计较一般。

方景轩也非刻意问起，不过是突然想起还有这么一回事罢了，他见具霜面色算不上太好看，便不再言语。

两人谁都不曾再说话，皆静静望着已然变作湛蓝色的天空。

十分钟后，一辆黑色迈巴赫准确无误地停在了具霜与方景轩身前。

岳上青穿着万年不变的西装外套，金丝边眼镜不染尘埃，依旧温润儒雅而又神采奕奕，方景轩并没在电话中告诉他自己的房子在一夜间化成废墟，所以当岳上青亲眼目睹这一景象时，不免有些震惊。

方景轩并未发话，岳上青也不好逾矩去问，心中虽有疑问，却生生忍住了。

当视线再次落到具霜身上时，岳上青即便是再镇定，也不禁流露出了几分惊异之色。

不为别的，只因这个小女孩实在与具霜长得太像了，简直一模一样，就像她的缩小版。

方景轩又岂会没发现岳上青的异样，可谁叫他是大 BOSS，他有保持沉默不说话、不去解释的权力，岳上青再疑惑也只能憋着。

一旁暗暗观看的具霜又忍不住在心中感叹，怪不得所有人都想做上位者，啧，这种"我才不会告诉你究竟发生了什么，你也别来问我，死活憋着吧"的感觉真是有点爽啊有点爽。

具霜是妖，别说是一夜不睡，即便熬个八九十天都不成问题，反观方景轩倒是神奇，明明昨天折腾成那样，今天依旧生龙活虎，看不出一丝倦色，不得不说，具霜还真是佩服他。

加长的黑色迈巴赫在初晨空荡荡的街道上游走，颇有几分寂寥的意味，具霜仍与方景轩隔了老远，像只壁虎似的贴在窗壁上吹着凉风。

具霜犹自胡思乱想着，连车已经停了下来都没发觉，若不是岳上青拉开车门，目光"灼热"地盯了她老半天，她大概能够一直愣下去。

可当具霜下车看到呈现在自己眼前的景物时，又忍不住愣了愣："咦……这是什么情况？"

不但长得一模一样，而且连说话的语气语调都几乎如出一辙，岳上青原本平静的面色又变得有些古怪。

而一直呈高冷状不曾发表任何言论的方景轩也终于开了口，却是一句让具霜白眼翻破天际的话："她是阿霜侄女。"

不愧是方景轩，短短六个字就能让具霜发现两个槽点。

具霜突然很想仰天大吼，也亏他想得出！什么叫作侄女啊！还有阿霜这个鬼称呼又是怎么来的！叫这么亲密是要干什么，她有跟他很熟吗！

这是具霜第一次来方景轩办公室，比想象中的要大很多，依旧是那万年不变的性冷淡装修风格，具霜莫名觉得，在这种地方待久了，大概会连食欲都降低。

毕竟只是普通的人类，具霜本以为方景轩回到办公室会补觉，实在没想到，他一坐上皮椅就开始精神抖擞地处理公务。具霜坐在旁边看了一会儿觉得无聊，干脆跑到隔间，在备用的小床上睡了一觉。

她这一觉睡了很久，直接睡到了晚上八九点。

再度睁开眼，窗外灯光汇聚成海洋，繁星点点洒落在夜幕之上。她晕头晕脑地从床上爬起，穿好鞋袜与外套，径直走到隔间外，却见方景轩眉头紧锁，仍旧背脊挺直地坐在软椅上看公文。

刹那间，具霜莫名觉得有些心疼，人与妖不一样，这般折腾下来，连她这个有妖力加持的妖都觉得有些吃不消，更何况一个血肉之躯的凡人。

她的步伐很轻，像猫一样踮着脚尖前进。

尽管如此，方景轩还是凭借细微的动静发现了她。

在他眼风扫来的那一瞬，具霜无端就绷紧了身子，突然之间不知道该不该继续前进。她站在原地踌躇半晌，方景轩却意外地弯起嘴角笑了笑，声音好听又柔软，在这偌大的办公室里轻轻回荡："睡够了吗？"

她赶紧点头，突然间又觉得自己该说些什么，只是睡太久让她的嗓子微微有些干涩，然后她听见自己说："你都不休息的吗？"

"处理完这些东西再休息。"与具霜说完这些话，方景轩再度把头低了下去，长长的眼睫遮住他深邃的眼睛，在眼窝处打下大片阴影。

从具霜这个角度望去，恰好看到他三分之一的侧脸轮廓，也就是传说中的四十五度角，几乎每个人的脸最好看的角度都在这个位置，方景轩也不例外。

从这个角度望过去，方景轩的脸显得格外立体，每一处轮廓、每一个转角都像是用刻刀一刀一刀雕刻而出的，无法用言语来形容的深邃立体，却又不会给人一种过硬的感觉，力度恰如其分。

　　方景轩并未让她等太久，大约两分钟左右他便收好摆放在身前的一沓文件，起身披上挂在衣架上的外套，牵起具霜的手准备走出办公室去。

　　具霜低头看着自己的脚尖，嗫嚅出声："事情全部处理完了？"

　　"并没有。"方景轩转身把门关上，沉默半晌，又补充道，"先陪你吃个饭，晚上接着看。"

　　感受到从方景轩手心传来的热度，具霜又觉得自己心跳无端变快了几分，她连忙挣开方景轩的手，语气坚定："我只喝矿泉水就可以了，不用吃饭。"

　　方景轩又将她的手包裹住："可是我想让你陪我。"

　　听到这话，原本心跳加速的具霜只觉自己心跳仿佛漏了一拍，待在原地停顿许久才闷闷出声："然而我是拒绝的。"

　　语落，她就要将自己的手从方景轩手中抽出。

　　方景轩不似平常那般内敛，眼角眉梢俱是笑，什么也没说，只是把具霜的手裹得越发紧。在不伤到方景轩的情况下，具霜没把握能将自己的手从他的包裹中抽离。

　　具霜莫名觉得现在的方景轩看上去很不一样，至于哪里不一样，她一时也说不上来，总之就是和平常看起来不太一样，长得还是那样，身上所散发出的气质却全然不一样，这种感觉，就像……这副躯壳中突然换了个人一样。

才发出这样的感叹，具霜就莫名觉得害怕。

为什么她会觉得方景轩像换了个人？难道又像昨天晚上一样，有人在假冒方景轩？

这个问题越是深入地去想，具霜越觉毛骨悚然，然而方景轩握住自己手的力气却越来越大，她甚至觉得自己的手腕骨就要被捏断。

她突然很想转身就逃，身体却失去了控制，像个被人操纵的木偶般紧贴在方景轩身边走。

无边的恐惧在她心中一点一点放大，逐渐蔓延至四肢百骸。

她的喉咙也像是被沉重的铅块所堵住，她拼命地上下吞咽着，意图将卡在自己喉咙中的异物咽下去，却无论如何都是徒然。

电梯门"叮"的一声打开，电梯里只有她与方景轩二人。

她僵硬且机械化地转动着自己的脖颈，抬头看到了方景轩的表情。

此时此刻的他微微低着头，几乎有大半张脸都笼在了阴影里，嘴角却像抑制不住般地高高翘起，眼睛里却无一丝笑意，无端显得诡异。

具霜惊恐地张大了嘴，喉咙里不断发出嘶哑而破碎的声音，却无论如何都组不成一句连贯的话语。

方景轩的办公室位于整座大厦的最高层，她能清楚地感受到电梯正在一点一点地下沉。

她说不出质疑的话语，又无法控制自己的身体，这种感觉可怕至极，觉得自己仿佛正在被方景轩一点一点带入深渊。

电梯上代表负一楼的键亮起了鲜红的灯，电梯里的灯也无端暗了几分，然后具霜惊慌地发现那些键全部发生了改变，每个数字前都多出一个醒目的负号，具霜身上冷汗涔涔。

心中在呐喊在哭泣，方景轩却无法听到她心中的呐喊，甚至连眼神都在电梯进入负一楼的那一瞬间变得狡黠。

她不停地在心中呐喊，脸上露出悲戚的神色，方景轩却视若无睹，不仅如此，他的喉咙里开始发出低沉而阴冷的声音，盯着她的目光就像毒蛇一样潮湿滑腻。

"姐姐，你怎么又没认出我？"明明是方景轩的脸，却像是龙兰在说话。

具霜一怔，旋即"方景轩"的脸便在朦胧的灯光下一点点开始发生变化。

他整张脸就像一张不慎落水的水墨画般晕染开，原本立体深邃的轮廓逐渐变柔和，原本凌厉的眉眼，像是在瞬息之间便长出了钩子，眼角眉尾皆在不断变尖变长，微微向上挑，勾出个妖娆入骨的弧度。

不过须臾，站在具霜面前的人就变成龙兰。

像是被铅块给卡住喉咙的具霜也终于发出了连贯的声音。

"你……真的是龙兰？"说话的时候，她尾音在轻颤，无形之中暴露了她的情绪。

"我当然是龙兰了。"龙兰视线胶在具霜眉眼之上，媚眼如丝，眼睛里仿佛长出了无数个小钩子。具霜即便再恐惧，也像是被什么给迷惑住了一样，无论如何都移不开视线。

龙兰在步步逼近，原本清远悠长的幽兰香变得无比浓艳，肆意喷洒在鼻间，具霜觉得自己简直要被这香味给熏得窒息。

龙兰却未停止靠近。

第七章

— 吃醋进行时 —

1. 你跟我熟不熟不是问题之所在，你只需记住阿霜是我的人便可。

眼见他的鼻尖就要与自己的触及在一起，具霜连忙将他一把推开："滚开，你既不是龙兰也不是方景轩！你是……梦魇！"

具霜话音才落，那张不断在自己眼前放大的脸就此模糊碎裂，她觉得自己的身体突然变得轻飘飘的，像是正在飞回自己的躯壳，然后她睁开了眼。

她依旧躺在方景轩办公室隔间的备用小床上，时间也还早，窗外阳光正好，像是下午三四点的光线，大概并未到方景轩的下班时间。

她一脸茫然地盯着白花花的天花板发了好久的呆，愣了老半天才浑身软绵无力地从床上爬起来，手心和后背俱是微凉的冷汗。

微微活动因长时间保持一个睡姿而导致麻痹的四肢，她十分随意地趿着自己的鞋，绕过阻断墙，却在绕墙而出的刹那愣住了。

方景轩的电脑屏幕依旧亮着，他却戴上了眼罩，歪在旋转椅上小憩，而着一袭明紫色法衣的龙兰正放荡不羁地坐在实木办公桌上盯着方景轩看。

刚刚才做了个如此变态的梦，具霜一时间还无法从梦中挣脱出来，看到方景轩与龙兰同框，难免有些紧张。

不知道究竟是她的目光太过炙热，还是龙兰的感观太过灵敏，明明具霜几乎没有发出任何声音，他却能在具霜走出阻隔墙的第一时间回过头来，用一种意味不明的眼神盯着具霜看。

具霜被他盯得心里发毛，然而他与方景轩终究不一样，具霜与他相依相伴八百年之久，无论如何都不会对他生出惧意。

那种毛骨悚然的感觉不过持续了一瞬间，很快具霜就拉回心神，微微眯着眼，将龙兰从头到尾打量一番，直到看得龙兰脸色连续变了三次，她才一点点收回那颇有些微妙的眼神，正儿八经直视着他的眼睛，却依旧只看不说话。

龙兰几乎要被她给憋死，见她一直都没有要开口说话的意思，终于按捺不住地问了句："你干什么？"

具霜原本睁大了的眼睛又眯了眯，昂了昂下巴，神色不明："小样儿，这话应该我问你才对吧。"话说到这里，她又下意识地皱起了眉，一下看着方景轩，一下又把视线从方景轩身上挪开移至龙兰身上，眼神颇有些暧昧，"我就说你这些日子怎么看起来这么不对劲……"

与具霜朝夕相处这么多年，龙兰又岂会猜不到具霜接下来要说什么，已经黑掉半边脸的他连忙打断具霜的话："瞎想什么呢！"

具霜也不与他继续闹，左手抱胸，右手托腮地"哦"了一声，便岔开话题："你小子又跑哪里去了？还有我今天碰到的那货到底是不是你？"

具霜是真被昨晚那两个假龙兰以及梦里出现的那个龙兰给弄怕了，总觉得每次出现在自己面前的龙兰都有些不对劲，即便是现在这个，她都持一种怀疑的态度。

龙兰白眼翻翻："你要不要再怀疑下我究竟是不是真的？"

具霜一脸耿直地点头："当然是要的。"

龙兰气不打一处来，磨了磨后槽牙，一脸阴险地笑着："别忘了你埋在后山的那盒东西。"

具霜面色瞬变，十分简单粗暴地打断了龙兰的话："鉴定完毕，你是真的！"

龙兰一脸嘚瑟地挑挑眉，又换了个更为舒服的姿势，继续跷着二郎腿。

他似乎还有话要说，方景轩的声音却从他身后冷不丁冒了出来："埋在后山的东西？"

具霜懊恼至极，瞪眼嫌弃龙兰多嘴，却选择性失忆，全然忘记龙兰能说出这话，也是被她给逼的。

本着打死也不能让人知道自己这么猥琐的信念，具霜果断岔开了话题，硬生生挤出一脸谄媚至极的笑："总裁大大你醒啦！"

龙兰一脸嫌弃："好歹你也是我无量山山主，竟对一个凡人如此奴颜卑膝！"

具霜歪过头，朝龙兰翻了个白眼，送去一个"你懂什么，我这是战略"的眼神。

龙兰即刻噤了声，却又突然想起什么，使得他原本有几分阴沉之色的脸瞬间变柔和了几分。

具霜猜不透他有何用意，只见他嘴角微微扬起，露出个狡诈至极的笑，斜眼望着方景轩说："埋在后山的东西啊……"

"龙兰！"具霜即刻冲上去，扑在龙兰身上，伸手捂住他的嘴巴。

　　岂料，她这一举动又引得方景轩皱起了眉头。

　　她正要与龙兰继续拉扯下去，下一瞬就发觉自己被人拎住了后领。

　　她脸上横卧着大写加粗的"呆愣"二字，过了近乎三秒才缓过神来，费尽全力扭过身子，颤颤巍巍指着方景轩的鼻子："你、你、你干什么！"

　　平日里跟方景轩斗嘴斗不赢也就算了，刚才那一下，她算是真真切切感受到了，什么叫作颜面扫地！

　　她好歹也是一方山主来着，竟然被个凡人抓鸡崽子似的拎了起来，若发生这种事的时候只有她与方景轩两人也就罢了，偏偏旁边还杵了个龙兰，她真想"哇啦哇啦"大吼三声，再趁机将方景轩揍一顿。

　　方景轩没空搭理她，将她顺手卷入自己怀里，弯起嘴角对上龙兰。

　　神经粗如具霜又怎猜得到方景轩是在挑衅龙兰，她只知方景轩又发神经了，自己偏偏还拿他没辙，真是大写的窝囊。

　　她的目光完全被方景轩所吸引，完全没注意到自己被方景轩卷入怀后，龙兰脸上一闪而过的森冷表情。

她注意不到不代表方景轩也没捕捉到。

然而方景轩就是这么能忍，全然当自己没看到，他的眼角余光不留痕迹地扫过龙兰紧握成拳的手，笑意越发璀璨，连同说话的声音都显得那么和蔼可亲。

"既然你喊阿霜一声姐姐，那我便承了这个情，也喊你弟弟。"

在具霜看来，这句话的槽点简直不要太多，她都懒得一一指出到底犯了哪些错，而这句与宫斗小说高度相似的话语也瞬间让方景轩在她心中升了级，却是直接从内外皆骚，升级成心机婊。

就在具霜愤愤不平地以眼神控诉方景轩的时候，龙兰开始冷笑着拆方景轩的台："少乱认亲戚，说得我跟你很熟似的。"

具霜肚里的无明业火腾地就被熄灭，要不是碍于方景轩在场，她简直就要跳起来给龙兰点赞，简直大快人心啊有没有！

既然方景轩是个连具霜都能称赞一声"你脸皮真厚"的存在，那么也就注定了，他必然不会受这些话的干扰。

方景轩眼风那么一扫，俨然一副正房的架势："你跟我熟不熟不是问题之所在，你只需记住阿霜是我的人便可。"

具霜突然觉得很难堪，忙推开方景轩的手臂，准备开口澄清。

她尚未来得及行动，龙兰又是一声冷笑。

其实，只要他静下心来思索一番，便会发觉这只是方景轩一个人的独角戏，具霜并未参与。

只是他一时怒火攻心，又喜欢把某些捕风捉影的东西与之结合在一起，莫名其妙就认定了具霜真与方景轩有什么关系。

具霜要是知道龙兰内心戏这么丰富还不得吐血三升，所幸她不知，也正因为她的不知，她才能脸不红心不跳地与龙兰说："别听他瞎讲！"

龙兰若真能听具霜的话，也就不会发生这么多奇奇怪怪的事了。

具霜又怎想得到从头至尾都是龙兰在捣鬼。

仍对龙兰有愧疚之心的她奋力从方景轩怀中挣脱，刚想要靠近龙兰，就见他神色突然变得很古怪。

本就因为那个梦而心有余悸的具霜无端打了个冷战，直直愣在原地，张嘴就问了句："你干吗？"

龙兰并未直接回答具霜的问题，而是依旧保持那诡异的神色，足足盯了具霜近两秒钟的时间，才扬了扬嘴角："我在想，怎样才能将你恢复成原来的大小。"

也顾不上龙兰神色为何会突然变得这般诡异，具霜立马就被他的话语所吸引，连忙问道："嗯？怎么变回来？快点说！"

具霜心急如焚，龙兰却卖起了关子，他慢条斯理地将视线从具霜身上挪至方景轩身上，仔仔细细将方景轩端详一番后，方才道："那你得先让他出去，这种事可不能让不相干的人在场。"

他刻意加重"不相干的人"五个字，即便迟钝如具霜都听出他话语中大有深意。

从某一方面来说，方景轩的确与"不相干的人"五个字相匹配，只是具霜头一次听到这五个字从龙兰口中说出，还是禁不住皱起了眉，或许她已经在潜意识中将方景轩当作了自己人，只是连她自己都不曾发觉罢了。

方景轩倒是比想象中更识趣，清楚自己什么时候该耍无赖，什么时候又该表现得大度。

不等具霜发话，他就已经收拾东西，走了出去，办公室门阖上之前，他还神色莫测地说了句："万分期待你变回原来的模样。"

厚重的实木门"砰"的一声被关上，具霜无端生出一身鸡皮疙瘩，莫名觉得，自己就保持现在这种大小也挺好的感悟。

别说是具霜，就连龙兰也突然觉得后悔了，待到方景轩的脚步声消失在走道尽头，他才若有所思地道："要不，你先就这样，等他死了，我再把你变回来？"

具霜："……"

虽然这是个很蠢的提议，可具霜莫名其妙觉得这是个好办法！

ZY 公司大厦是栋共有三十五层的建筑。

三十层以上皆是高层领导办公室，方景轩所处的第三十五层除却他的办公室和一个可容纳近千人的大礼堂外，就剩岳上青的办公室。

当埋头工作的岳上青突然听到敲门声，并且才说出"请进"二字，就见方景轩黑着脸夺门而入，此时，岳上青无疑是震惊的。

岳上青的身体比大脑更快做出反应，几乎直接从椅子上弹了起来。

反观方景轩，他神色阴沉归阴沉，却并无要发怒的意思。

他只与岳上青道了句"你随意"，便直接坐在岳上青办公桌旁的沙发上继续低头看文件。

向来精明的岳上青被这一突发状况弄得手足无措。

方景轩话是这么说，可岳上青哪有这个胆子让方景轩坐在那儿办公，更主要的是，他根本就闹不明白，方总裁这下又闹的哪出。

方景轩虽这么交代了。

岳上青仍是觉得心里不安稳，更何况，他即便是低着头，都能十分清晰地感受到来自方景轩那边的冷气流。

岳上青终于憋不住，不由得抬起了头，斟酌半晌才开口："要不您坐我这儿？"

　　话音才落，方景轩的声音便传来，干净又利落："不用。"

　　好吧，岳上青只得低着头，继续忍受那刺骨的寒流。

　　方景轩这边兀自放着冷气。

　　具霜与龙兰那头倒是进展得顺利。

　　听龙兰所说，他当日之所以离开，其实是在替具霜寻找可以将其变回原来大小的灵药，只是这灵药并不像寻常的药丸一般，随意吞下去就能奏效，服下之后，必须依靠另一人施功，替其打通经脉才能发挥药效。

　　方景轩离开的空当，龙兰已经用妖力在具霜体内运行了整整八个大周天。

　　时间一点一点地流逝，眼看下班时间就要逼近，具霜依旧跟棵豆芽菜似的，没有一丁点变化。

　　龙兰缓缓收回妖力，神色复杂地瞥了具霜一眼："真是奇怪，怎么会没用。"

　　具霜尚未作出任何反应，他就已经自顾自地踱着步子在方景轩办公室内来回游走，自言自语地念叨着什么。

　　当初具霜之所以会变回原形，正是因为龙兰听信黑山道人的话，在具霜平常喝的水里添加了一味药，而后具霜直接从原形变回幼年时期的人形，无论是龙兰还是黑山道人都没能料到。

这般异常地变来变去，于妖而言自然不是什么好事，龙兰担心那药对具霜有副作用，好不容易下了决心来找具霜，准备喂她解药，将她变回原形，解药却莫名失去了作用，这使得龙兰无端变得忧心忡忡。

思索再三，他还是决定，再找黑山道人试试看。

于是，具霜根本就没反应过来，龙兰便"嗖"的一声跳出窗外，真是来也匆匆去也匆匆。

当方景轩推开自己办公室大门，瞧见仍呈小萝莉状、并且满脸忧愁地杵在办公桌前发呆的具霜时，方景轩下意识将整个办公室环顾一圈，方才问具霜道："他人呢？"

具霜犹自沉浸在自己不能变回来，且龙兰也一言不发就跑了的悲痛之中，方景轩甫一出现，她第一句话便是："要不咱俩把契约改一改，我稍微吃点亏，做你契约私生女怎么样？"

方景轩嘴角抽了抽，说出的话毫不留情面："我还生不出你这么老的女儿。"

2. 看来这是一场有组织、有预谋的黑。

龙兰消失近半个月都没再出现，而如今具霜也恰好在众人眼中消失了整整半个月。

关于具霜的突然失踪，大家本就有所猜测，再加上小版具霜的横空出世，莫名其妙就衍生了好几个版本的谣言。

版本一：绿茶妹妹带球跑！

方景轩与具霜原本是高中同学，作为一枚资深绿茶，具霜小小年纪便懂得为将来做打算，于某个伸手不见五指的黑夜，绿茶妹使尽浑身解数，成功怀上霸道高富帅方景轩的孩子，独自带球远走高飞，多年后，再与已然晋升为霸道总裁的方景轩制造偶遇，以孩子抚养权换取巨资逍遥海外。

版本二：一夜风流带球跑！

作为一群无限 YY 方总裁，对具霜呈羡慕嫉妒恨心态的吃瓜群众，自然不会把具霜塑造成小言中那般纯洁无害的小白兔，第二个版本自然又离不开妖艳小贱货具霜勾引方景轩，只不过这次的版本换成两人于某某宴会上相识，心机婊具霜趁方大总裁不注意，暗中刺破避孕套，一次就中怀上方家龙种，于 XX 年后再度和方总裁相会，结果却是方家人认种不认她，给了一笔钱，就将其扫地出门。

版本三：豪门恩怨带球跑！

……

具霜一口气刷出近十个版本的无脑谣言，简直郁恼到不行。

方景轩淡淡扫她一眼，饶有兴致道："看不出，你还在乎这种事。"

具霜白眼一翻："废话，被黑的是我，我能不在乎吗！"

方景轩难得露出一丝笑意："我还真以为你脸皮厚到什么都不在意的境界，看来还是高估你了。"

具霜懒得与方景轩拌嘴，仍旧愤愤不平地滑动着手机。

直至她刷到一篇在她看来明显就是黑子写的帖子时，神色颇有些微妙地变了变。

这个帖子采用的是圈内人爆料的方式，与那些无脑黑相比较，他最高明的地方在于，真料里混着假料，相比较而言，真料所占的比重虽大，却都是些无关紧要的东西，而那些假料偏偏又掐住了最关键的咽喉处，更引人深思的是，这帖子里共爆了近三十个明星的料，唯独具霜与方景轩之间的事，真假参半。

更高明的是，这段爆料并未明确讲述方景轩是如何"蹂躏"

具霜，却能做到，在不动声色之间将众人往他所期盼的方向去引导，甚至还牵扯出方景轩私生子身份以及当年他与哥哥方景行同时跌入泳池，却只有他一人生还的旧新闻。

这个帖子写得有理有据，不明真相的吃瓜群众很难分辨真假，加之方景轩这件事本就是近段时间的热点，这个帖子很快就被加精上了首页。

具霜虽没把这个帖子给方景轩看，却时有关心。当天晚上这个帖子的浏览量便超过千万，微博上各大营销账号纷纷进行转发。第二天早上具霜刚登录微博，便发觉这个帖子上了热搜榜。

搜索量虽然高，可也远远达不到榜首的程度，具霜心里明白，明显是有人出钱替这个话题买了榜。

思及此，具霜无端皱起了眉头，看来这是一场有组织、有预谋的黑。

具霜十分犹豫，不知道该不该与方景轩说这件事，可当她看到依旧神色怡然地用早点的方景轩时，又打消了这个念头，人家好歹也是娱乐公司的 CEO，这种事不必她来说，自然有人会处理。

方景轩动作优雅地吃完一颗溏心蛋，抬眸瞥了欲言又止的具霜一眼："做好装傻充愣的准备，今天必然会有记者在公司蹲点。"

具霜悬着的心算是落了地，也顾不得方景轩的话是否好听，连忙问道："要是有人问起，那我该怎么回答？"

方景轩不动声色地喝了一口小米粥，方才悠悠道："什么都不必说，怎么天真怎么来。"

经方景轩一提醒，具霜才恍然大悟，对哦，她现在可是小萝莉，谁会傻到去采访她啊。

正如方景轩所预料，公司门外密密麻麻围满一堆记者，方景轩的车才驶入公司，便有不怕死的记者率先冲上来，堵在方景轩车前，以此拦下方景轩。

见有人带头拦下方景轩的车，其余记者纷纷蜂拥而至，犹如潮水一般狂涌而来，不过须臾，ZY 公司楼下大坪就被堵了个水泄不通。

这场拼搏，ZY 公司早有预备，奈何道高一尺魔高一丈，他们即便是加强警卫，设了门禁，还是有不少记者翻墙爬了进来。

那些记者一个个都是疯了般不要命，ZY 公司高层怕弄出伤亡，不敢把事弄大，只得由他们去。

具霜哪见过这种阵势，从前与别的山头妖怪抢地盘时，虽也时常出现过被人围堵的场景，可那些都是能随意砍杀的哇，现在这些，碰又不能碰，一个个还像磕了药似的兴奋，真是简直了。

相比较整个人都慌了的具霜，方景轩可谓是从容淡定得不得了。

从那群记者翻墙而入到车被堵，整个过程，他连眼睛都没眨一下，显然是早就习惯。

外边记者堵得太紧，连开车门都有些困难，好不容易推开车门，那群记者又拥了上来，一个个争着提问：

"请问方先生准备如何解释您与身边这个小女孩的关系？"

"方先生您真如那篇爆料所说，对您身边这个小女孩的生身母亲，进行了惨无人道的凌辱？"

"方先生，您对现在这件事该如何解释？豪门与家暴是否有着不可分割的因果关系？"

……

现代媒体人的无良可见一斑，也亏得具霜并非方景轩所谓的私生女，否则听到这些提问，都不知道长大以后会不会心理阴暗而导致报复社会。

直至临近的几个记者凶光毕露地甩出所有提问，方景轩方才道："今天下午三点，我司将举办一场现场访谈，有疑问者皆可前来提问。"

方景轩话音才落，又有一堆质疑的声音滚滚而来。

他通通视作耳旁风，抱着一脸呆滞装天真纯洁的具霜杀出重围。

一旁待命的警卫员纷纷拥了过来，隔在方景轩与各路记者之间，充当最坚固的人墙。

下午三点，访谈在第三十五层大礼堂正式召开。

具霜没能拗过方景轩，被无情地抛在了总裁办公室。

等待的过程简直坐立难安，具霜心情烦闷地在办公室内转来转去，生生克制住了自己变成蚊子飞进大礼堂的念头。

原因不为别的，怕就怕她现在这个样子太不稳定，万一莫名其妙就从蚊子变回了小萝莉，她又该如何去解释，怕是所有人都会转而采访她是不是妖怪了吧。

时间一分一秒过去，直至晚上十点，方景轩才应付完所有记者，径直走向办公室。

原本等得都要睡着的具霜瞬间惊醒，噌噌噌跑到方景轩面前，满脸激动地问："怎么样？怎么样？搞定没？"

方景轩不答，只弯唇笑了笑："你这样子看起来倒是挺关心我。"

具霜死鸭子嘴硬："呵呵，老娘只是怕你被弄垮了，黑山道人又找上门来追杀我。"

"放心，垮不了。"方景轩嘴角仍旧带笑，随手在具霜脸上捏了把，便再度转身往大礼堂所在的方向走。

具霜也不知自己究竟是怎么了，一瞬间连被方景轩捏脸这种奇耻大辱都能被她忽略不计，一脸担忧地看着方景轩再度踏入大礼堂。

后来具霜还是在网上看到了这件事的最终结果。

这件事完全属于子虚乌有，ZY 公司公关又足够强大，不过三天时间便根据那栋高楼楼主的 IP 搜集出大量信息。

三天后，ZY 公司官博发出一条既隐晦又通俗的长微博，虽没有指名道姓，却十分含蓄地放出一些幕后黑手的零星信息。

各大媒体风向又变，纷纷开始猜测，那幕后黑手究竟是何人。

随着 ZY 公司放出的料越来越多，某涯论坛那栋被顶上首页的楼突然被删，而其余转载了该楼的营销号也纷纷删微博。

以具霜对方景轩的了解，花钱删贴绝不是他的作风，果然，在所有爆料帖都被删干净的时候，ZY 公司及时停止了爆料，直至此时，具霜才恍然发觉，方景轩不仅仅是把霸道总裁这个人设玩得溜，做起事来倒是有几分气魄。

随着这场危机的顺利解决，多日不见的龙兰终于冒出了头来。

那是在一个具霜睡得像死猪样的深夜，满身伤痕的龙兰赫然出现在方景轩房内，他面色阴鸷地盯了方景轩许久，终于还是隐去了身形，出现在具霜房内。

黑山道人虽同意给龙兰解药，龙兰却因不听指挥擅自行动这一罪名吃了不少苦。

他原本早就可以现身，却遇上方景轩有难，他才刻意躲着未现身，否则，这等谣言，只要具霜这个当事人一恢复原貌，就能不攻自破。

而今危机已被解除，他也没有理由继续躲着，更何况黑山道人交出解药的另一目的是让他继续耍阴的，去杀方景轩。

既然如此，他便必须出现，必须留在他们身边，才方便下手，就像之前几次那样。

具霜半睡半醒间，隐约感觉到有人在轻轻抚摸自己的脸，接着唇上一暖，有什么坚硬的东西甫一触到她的唇齿，便化作甘露渗入她喉间，接着，她便感受到一团熟悉的妖气引领着一股热流在她经脉间游走。

屋外起了风，屋内安静躺在床上的具霜头发也开始无风自舞。

整个过程十分奇妙，随着龙兰掌心妖力的不断注入，具霜的身体在寸寸变大，龙兰则遵循具霜变大的速度而逐步变小，直至具霜完全恢复，他亦变作一个四岁大小的粉白小正太，浑身瘫软地倒在了具霜床底下。

　　翌日清晨天微亮，尚未睡饱的具霜莫名其妙就醒了，虽然她仍旧无比地想睡，偏偏躺在床上死活睡不着，对此感到十分无奈的她索性准备下床。

　　一只脚刚触地，她就隐约察觉到自己似乎不小心踩到了一团什么软软的玩意儿。

　　那玩意儿脚感着实不错，又软又滑溜溜的，简直就像初生婴儿的皮肤一样，具霜迷迷糊糊忍不住又伸脚去蹭了蹭。

　　蹭了老半天，她才后知后觉地发现一个问题，地上那团……咋这么像个人呀！

　　得出这么个结论的具霜心中一激灵，连忙睁大了眼睛去看。

　　正所谓不看倒还好，一看不得了，具霜才睁开眼便发觉，自己正惨无人道地用脚踩在一个粉嫩嫩的小正太脸上……

　　具霜吓得连忙收脚，可这脚一收回吧，立马又有两个新的问题。

　　这小正太怎么和龙兰小时候这么像，还有……她脚板啥时候变这……么大了！

两个疑问甫一从具霜脑袋里冒出，缩在地上的小正太便一脸"柔弱"地睁开了眼："姐姐，龙兰要抱抱。"

具霜心中一"咯噔"，心念一转便得出了这两个问题的答案。

她连忙把一连被自己踩了好几脚的龙兰抱了起来，眼睛瞪得溜圆："你该不会是为了救我结果变成这样了吧？"

龙兰仗着自己现在模样可爱，恬不知耻地扬起头在具霜肩膀上蹭了蹭，许久才道："对呀，就是因为救姐姐，我才变成这样了。"

具霜一时间无法接受身娇体软声音还忒软糯的龙兰，盯着他望了老半天，终于发出声音："你知不知道自己得多久才能变回来？"

龙兰两颗黑葡萄似的大眼睛骨碌骨碌转了一圈，方才满脸童真地道："最短也得大半个月吧。"

具霜咽了口唾沫，又弱弱问了句："最长呢？"

"几百年，甚至几千年……"

具霜无语望苍天："天哪，老娘当初好不容易才把你拉扯大，现在居然又看到你缩回来了，简直了！简直了！"

平心而论，具霜真不是一只有母性光辉的女妖，当初养大龙兰也只是为了有个伴，就像当初前任山主因闲着无聊而种下她一样。

龙兰能健健康康长大也真的是相当不容易，虽然如今的他也算是长歪了，可他都是只成年妖了，自然没法与具霜的教育扯上关系。

　　方景轩发现具霜变回来的时候是在早上七点半左右。

　　说起来方景轩倒也是真"猥琐"，自从具霜与他说出那句玩笑话以后，他就怀恨在心，真把具霜当女儿来养，整天买些粉红公主蓬蓬裙来恶心具霜。

　　而今具霜虽变大了，打开柜子却只能看到满满一排粉红蓬蓬裙。具霜现在住的房子是方景轩的另一处房产，具霜来的时候就是萝莉状态，家里并没准备成人衣服。

　　就在具霜纠结到眉毛都要拧成一团的时候，卧室外突然传来了敲门声，方景轩这人孤僻得很，家里能够敲具霜门的除了方景轩再无其他人。

　　萝莉状态的具霜自然是穿着方景轩准备的可爱粉红睡衣睡觉的，凡间的布料又不能像她的法衣一样，随意变大变小，具霜突然变大，原本穿在她身上的小衣服自然就被撑开了，跟破布似的挂在身上。

　　这种形象见龙兰倒是无所谓，一想到要被方景轩看到，具霜就莫名觉得没脸见人。

她连忙大吼一声："等等。"竟是想也不想，就去扒松松垮垮套在龙兰身上的衣服。

龙兰吓得双手捂在胸口，尖声大叫："你干什么！"

听到房里的动静，方景轩敲门的声音越发剧烈了，具霜只得边捂住龙兰的嘴，边往自己身上套衣服，嘴里还不停地嚷嚷："等等！等等！别急！马上就好！"

压根就不知道具霜在捣什么鬼的方景轩除了等，还有什么办法。

然而，当恢复成年大小的具霜牵着硬被塞上粉红公主裙的龙兰从房内走出的时候，方景轩整个人都不好了。

他一脸严肃地看着衣衫不整的具霜，以及头发凌乱的缩小版龙兰，一开口，四周就无端冷了好几度："昨晚发生什么了？"

正所谓情敌见面分外眼红，方景轩心情一不好，龙兰便格外开心。

龙兰甚至还仗着自己如今看起来年纪小，各种往具霜怀里钻，同时还不忘仰头，一脸嚣张地朝方景轩做鬼脸。

傻逼如具霜，又怎看得出方景轩与龙兰间的明争暗斗，此时此刻的她只觉龙兰一个劲往自己怀里钻，莫名有些讨嫌，除此再无其他。

自从龙兰缩小了，整个人像是直接退回了幼儿期，每天想着法儿撒娇卖萌求抱抱。

对于这种有吃豆腐嫌疑的无耻行径，具霜一开始是拒绝的，被拒绝得多了，龙兰也就总结出了一套完整的求抱抱策略。

无非就是卖萌不成功，下次卖得更狠，总之脸皮这种东西，是压根就不必去考虑的。

具霜对龙兰的所作所为从一开始的拒绝到最后似乎当"妈"当上了瘾，方景轩则从头到尾都坚持贯彻一路嫌弃到底的政策。

是以，当具霜不在场的时候，一大一小两只就会出现这种奇奇怪怪的对峙。

某大只依旧板着一张讨债脸，周身散发着足以将方圆十里冻得草木不生的寒气，某小只则直接撕掉乖巧呆萌的面具，一脸阴鸷地盯着方景轩。

两人都不曾说话，却是无声胜有声，看不见的硝烟在两人目光所触之处四处蔓延，隐形的火花不断自眼睛中迸溅而出，噼里啪啦灼烧着空气。

两人像是终于厌倦了以眼神杀敌的战略，不动声色地起身，并且步步朝对方逼近……

略显轻盈的脚步声自回旋梯上传来，显然是回房换衣服的具霜下来了。

当具霜眼风扫过去的时候，他们正维持一种极其诡异的姿势。

具霜颇有些狐疑地将他俩从头至尾扫视一番，不由得疑惑出声："你们这是干什么……"

两人同时一愣，不约而同地开口说了句："没干什么。"

话音一落，又不掩嫌弃地瞥了对方一眼，方才不动声色地后退一小步，以拉开两人之间的距离。

具霜眼中疑色更深，下意识将那话又重复了一遍："所以，你们究竟在干什么？"

龙兰率先抽回心神，一扫面上的阴鸷之色，"噔噔噔"跑到具霜面前，直接抱着具霜大腿装纯真："没干什么，我们在相亲相爱罢了。"

龙兰尚未使出必杀绝技求抱抱，方景轩已然栖身逼近，让人觉得匪夷所思的是，他竟是边笑边逼近，只是那笑，让人看了着实感受不到任何暖意与善意，冷飕飕的，像是不断有阴风掠地而刮，凉意深入骨髓。

具霜与龙兰禁不住同时打了个冷战。

相较狗腿子具霜，龙兰还算是只有血性的妖，即便是再想逃跑，当方景轩完全靠近的时候，他还是紧紧咬着牙关，努力让自己保持镇定。

然而……方景轩最近似乎不喜欢按规矩出牌啊，一来就在龙兰脸上捏了把，甚至还趁龙兰发愣的空当，一把将他抱了起来，皮笑肉不笑："对，我们在相亲相爱。"

这一瞬间，龙兰只觉一股寒意顺着脚底一路蹿入尾椎骨，再由尾椎骨直击大脑，整个脑子仿佛都被冻成了一团糨糊，晃晃悠悠的，都不知道自己该如何反抗。

他也终于明白了，具霜与黑山道人为何如此忌惮方景轩，他呀，可不就是个人间杀器！

第八章
── 搞个大新闻 ──

1. 尽管具霜对钱财并无任何概念，但还是被这大写的"豪"字给冲瞎了眼。

　　具霜缩在一旁，还准备接着看龙兰与方景轩相亲相爱下去，岂知方景轩说变就变，才"宠爱"完龙兰，又恢复成讨债脸，竟是头也不回地直接将龙兰丢在地上，牵住具霜的手径直往屋外走，徒留龙兰一人愣在原地翻白眼。

　　具霜恢复原样后的第二天便出现在大众视线中，那些被传得天花乱坠的谣言自然不攻自破，奈何娱乐圈里永远都不会平静，即便你再想低调，也总有那么几个搬起巨石往海里砸的好事者，非得在平静的海面制造出一些波浪。

这次具霜依旧担任女主之重位，而男主则被替换成了幼年版的龙兰。

其实这次并不是什么大事，无非就是具霜抱龙兰出去坑的时候被一些无良狗仔拍了些照PO在网上，闲着没事做的吃瓜群众们又继续捧着瓜唠嗑八卦，纷纷猜测被具霜抱在怀中的孩子身份。

具霜简直哭笑不得，不明白大家怎么总爱把她往已孕妇女方面联想，她年纪虽比整个组合里的成员加起来还大，却实在是少女感满满哪，真的是哪来这么多喜闻乐见瞧她变大妈的人啊！

正所谓得到什么就注定会失去与之相对应的东西，具霜得到了普通人都没有的曝光率与超高人气，个人隐私自然就容易被有心之人发掘曝光，她虽是被方景轩逼着走上这条路，却一早就做好充分的心理准备，更何况她还是个童颜的千年树妖，活得越久，皮就越厚，这种事她自然不会太过在意。

大抵是她近段日子过得太安逸了，老天爷看不过眼，总想给她安排些"有意思"的小插曲。

于是在这件事发生后的第四日，也就是 GMF 组合首次主演的大 IP 改编电影发布会上，突然有记者拿那张照片说事。

这记者不是别人，又是当初那个一路逼问具霜的媒婆痣记者，相比较上次的咄咄逼人，这次，媒婆痣记者倒是委婉了不少，然而，即便是委婉了也并不代表媒婆痣记者就此改了性，他说话的语气与所提的问题看似不带攻击性，仔细分析分析，就会发觉，统统都是套路好嘛！

"具霜小姐，请问您如何看待这次的超市门事件？"媒婆痣记者虽竭力压制住自己不怀好意的笑容，可始终弯成一条线的眼睛仍出卖了他，然而他也并不在乎，反正他们公司就是靠不要脸和偷拍发的家，即便是他们自家人也没把自己摆在个正面位置，更何况是那些恨不得全天下狗仔都哑巴的明星艺人。

圈子里要是有所谓的最难采访人物排名，具霜怕是无论如何都能排进前十，与其余高情商会与娱记打太极的艺人不同，具霜最大特色便是"耿直"。

当媒婆痣记者甩出这么个问题时，具霜想都没想，便道："一张偷拍照片而已，还不是该怎么看就怎么看。"

媒婆痣记者要能轻易死心，他们家也不会这么臭名昭著，一个问题没能套到话，他倒是淡定，面上无一丝波澜地又换了个问题，刚打好腹稿准备开口，具霜就已经笑盈盈地望着他："你们家总有很多问题哎，把机会多多让给别人嘛。"

平常大家都习惯了媒婆痣家这种一逮住机会就不松口的现象，具霜不说倒好，一说后面的记者便挤了上来，有所目的地将媒婆痣记者挤到了角落里，开始你一句我一句地对具霜提问。

有了媒婆痣记者做出头鸟，除却几个正规大媒体按规矩问了具霜电影方面的问题，其余记者全都想着办法挖那张照片的料。

具霜也是没想到大家对八卦的热情如此之高，就在她被各路媒体逼问得不知该如何回答的时候，一直像尊冰雕般杵在台上的方景轩突然发话了，却是一言激起千层浪。

"照片上的男孩是我与小霜的孩子。"

"轰——"

夜空之上仿佛同时劈下九九八十一道天雷，并且道道准确无比地直劈具霜脑门，被劈得外焦里嫩的具霜一时间感叹万千，防来防去还是被自己人给挖坑埋了啊！

一直想保持低调的具霜又一次被迫上了大写加粗的头条，时刻关注此事的吃瓜群众迎来新一轮的狂欢，以至于方景轩那对从头至尾都未露过面的神秘父母都被惊动了。

当天晚上，具霜就收到了来自方景轩父母的邀请。

这件事毕竟只有方景轩与具霜，以及方景轩那对神秘父母知道，所以，当方景轩上车直接与岳上青说"今天不回城北，去本家"时，岳上青可谓是脸色突变。

方景轩话音才落，便搭下了眼皮，呈浅眠状。

他倒是睡得舒服，一直保持清醒的具霜莫名觉得很烦躁，完全不知道自己该如何面对方景轩那对神秘莫测的父母，还有方景轩，也不知道他葫芦里究竟卖的什么药，莫名其妙就挖坑把人给埋了，真是岂有此理！

同样心思澎湃的人还有岳上青。

岳上青从未想过方景轩会如此重视具霜，当年那件事几乎闹得桐川市尽人皆知，方景轩也因此和方家断了联系，一个人搬到与本家隔了半座城市之远的北城区，至今，几乎有三年都不曾回去，而今他既然刻意带具霜回去，是不是也就说明了一个问题，他是真认定了这个来历不明的女人。

岳上青心中百感交集，一时间不知心中究竟是悲还是喜。

喜的是，如此一来江映画似乎可以完全死心；悲的是，即便江映画对方景轩死心，她也不可能移情到自己身上，他有自知之明，深知自己与江映画之间隔着怎样的距离。

相比较岳上青的悲喜交织，具霜心思简直复杂到可以织成一副水墨刺青画，此时此刻的她别无他想，只想揪着方景轩的领子把他甩到沙特阿拉伯去。

　　方家与具霜想象的不大一样，那是一栋藏匿在古镇中的欧式小洋房，看起来很有年代感，每一块砖每一块瓦都像历经风霜，无声与人诉说它们的渊源历史。

　　值得称道的是，那栋建筑外部虽看起来十分欧派，内里却是完全的中式家装，一溜低调而奢华的海南黄花梨家具，墙上每一样挂件都是喊得出名号的古董。

　　尽管具霜对钱财之物没有什么概念，但还是被这大写的"豪"字给冲瞎了眼，莫名生出一种随便在墙上扣块砖都能拿出去卖个好价钱的错觉。

　　本着自己即便是土鳖也不能让人一眼看出本质的信念，具霜全程呈现出一种高深莫测的状态，神色淡漠，唇线紧抿，嘴角微微上扬，一副似笑非笑的模样。

　　好歹也当了这么多年的山主，虽然事事皆由龙兰摆平，她自己从未亲自处理过任何事，但装腔作势什么的，她还是挺在行，只不过，这得建立在少让她说话的基础上。

　　方景轩今天挑了个好时机，恰好挑中了七大姑八大姨都不在，只有自家老爹与当家主母在的时候。

只是这两人看上去都不是什么好忽悠的角色，具霜才坐下，方家主母就拿一种"我倒要看是哪个狐狸精在勾引我方氏继承人"的眼神上下扫视具霜。

具霜临危不惧，看上去要多自信就有多自信，任谁都不会想到她心里其实很虚，一直在纠结着，这老妖婆子究竟要盯着她看多久。

半晌以后，方家主母才笑意盈盈地道："百闻不如一见，具小姐倒是比电视上来得更漂亮。"

具霜不卑不亢，只微微笑着接受方家主母的夸赞，她脸上笑意尚未完全舒展开，方家主母话锋便突然一转，丝毫不给具霜留情面："只是，漂亮归漂亮，这面相啊看着薄了点。"

具霜才不会把方家主母的话理解为说她红颜薄命呢，无非就是拐弯抹角说，你这丫头看着就长了副穷酸相，还妄图攀上我方家高枝？

具霜既然能与方景轩定下契约合作，自然就会对他的背景有所了解，更何况他与方家本家不和，自立门户多年，在桐川市早就不是什么秘闻了，随便去网上搜都能看到各种所谓的豪门剖析。

只不过具霜是真闹不明白，方景轩把自己带回本家究竟是几个意思，既然无法揣测方景轩的心思，具霜也就没法做出相应的回击，只能使出可应变万物的谜之微笑杀。

不要以为这谜之微笑杀就是普普通通一笑，讲究的东西可复杂着呢，重点在于"谜"之一字上，既不能笑得太纯良，也不能笑得太邪恶，这个度得把握好，要让人看了就产生出一种——这人笑中必然蕴含着大量信息，并不是个好捏的软柿子的错觉。

具霜这一笑倒是起了些许作用，方家主母看她的眼神无端又多了几分深意，只是她眼神中所蕴含的东西太过复杂，才与她的视线撞上，具霜就莫名有种不寒而栗的感觉。

具霜面上仍是一派云淡风轻，心中早就爹开了毛，不但吐槽方家主母，连方景轩也受到牵连被她放在心底翻来覆去地骂。

许是这氛围过于凝重，一直呈透明状的方老爷子终于发话："菜都上齐了，有话饭后再聊。"

具霜终于松了一口气，却依旧不敢在两尊"大佛"眼皮子底下与方景轩"眉目传情"，只能默默低头吃菜。

如此一来，倒是给不苟言笑的方老爷子留下了个较好的印象。

这大概是具霜近些年来吃得最痛苦的一顿饭，明明看到蔬菜就恶心想吐，还得顾及形象，不能留给方家人自己只吃肉食不吃蔬菜的坏印象，一口一口把方家人布在自己碗里的蔬菜咽了下去。

一顿饭下来，她胃里早就翻江倒海，哪里还有工夫去斗这两尊大佛。

饭后方家主母主动提出要与具霜去泳池边上散步。吃个饭就已经够呛，具霜哪还有胆子与那老狐狸一起出去散步，到时候是怎么死的都不知道。

不好直接开口拒绝的具霜把希望放在了方景轩身上，当她目光瞥过去的时候，方景轩瞬间了然，当即便以具霜身体不适为缘由，要带具霜离开。

对于方景轩其人，方老爷子一直持放任自由的态度，既不会刻意去刁难也上不了心，没感情就是没感情，即便是方家亲生骨肉也一样。

相比较方老爷子的睁一只眼闭一只眼，方家主母可谓是恨透了方景轩，一直以来都将其视作肉中刺眼中钉，却又碍于他是本家唯一的血脉，不能除之而后快。

既然不能对其造成实质性的伤害，那让其过得不痛快也是一个极好的报复方式，是以，当方家主母与方景轩对上，向来以端庄大气而闻名于上流社会的方主母无端就变成个蛮不讲理的泼妇，还是见人就咬的那种。

方景轩替具霜开脱的话语才落下，方主母便冷笑出声："你虽是我方家继承人，却也要懂礼，晓得规矩，这种关乎家教的事你那早死的妈难道没跟你说？"

　　眼看战火又要烧起，向来就不管家事的方老爷子踱着步子悄无声息地离开了，任由方景轩与方家主母对掐。

　　具霜活了这么多年，都没见过这么尖酸刻薄的老婆子，这种话听上去，简直比骂自己还难受，她刚准备替方景轩反嘴，便感到肩上一暖。

　　这一下，她又莫名觉得无奈，这种情况下明明该让她来安抚方景轩的，反倒是方景轩安抚了她。

　　只见他微微扬起薄凉的唇，启唇说了句："林姨既然知道景轩幼年丧母，又为何不好好教导景轩？"说到此处微微停顿，"子不教父母之过，林姨既然如此嫌弃景轩，怕是也该自我反省反省。"

　　方家主母的话固然难听，方景轩的话也好听不到哪里去，这样的话固然伤人，却也伤了方景轩他自己，说是伤敌一千自损八百也不为过。

　　沉默不语的具霜听了，也莫名觉得心中不是滋味。

　　方家主母听闻此话面色僵了僵，不过须臾又舒缓开，继而转了话题："景轩你年轻气盛，林姨也就不与你计较那么多，想必你也清楚，我与你父亲特意将具小姐邀请到家里来究竟是有何用意，你年纪不小，替家里添了人丁固然是好事，可你自己得掂量清楚，你在这个家究竟处于一种怎样的境地。”

方景轩却是头也不回地牵着具霜离去：“这种事，我比方家任何一个人还要清楚。”

眼见方景轩就要牵着具霜走得不见人影，方家主母连忙跟了上去，又问：“你还没说清楚，那个孩子……”

方景轩与具霜的身影完全消失在拐角处，只余他冷冽的声音徐徐回荡：“我从未说过那是我与小霜的亲生骨肉，至于真孙，你们总有一日会看见！”

这大概是具霜心中，方景轩最帅的一次，她强行克制住自己准备拍手叫好的冲动，迈着优雅的小碎步，一点一点挪出方家二老的视线。

才到方景轩从前居住过的房间，具霜就冲到洗手间，抱着马桶一阵狂吐，其声势之大，几乎要把肺都给吐出来了。

方景轩听到洗手间传来的动静，忙跑了进去，体贴地拍打着具霜的背。

具霜两眼泪汪汪，直到确认胃被清空了，才顺着方景轩的胳膊从地上爬起来，浑身软绵地被方景轩搀扶到沙发上。

具霜双手捧着方景轩递来的水杯，咕噜咕噜喝掉大半杯才缓过气来。

方景轩狐疑地看了具霜许久，终于得出这么个结论："因为你是花妖，所以就不能吃蔬菜？"

具霜白眼翻翻，虚脱地把水杯搁在右侧的小几上，这才慢吞吞地说："你要是被逼着吃人肉，大概也会跟我有着同样的反应。"

方景轩瞬间明白她这话所表达的含义，莫名其妙就觉着像是有什么堵在心口，他那薄凉的唇几度张开，又几度阖上，终究还是忍不住问出口："既然恶心，又为何要吃？"

方景轩不问倒好，一问具霜就来气："你还好意思问，也不想想我这是为了谁。"

话一说出口，具霜就后悔了，果不其然，方景轩即刻弯了眼："你这话说得倒是引人遐想。"

上次被强吻的事在前，又有 N 次告白作为助攻，具霜不想再与方景轩凑得太近，索性闭上了眼睛，不再作答。

方景轩今晚格外聒噪，一改锯嘴葫芦的特性，莫名其妙就变身话痨了，一直絮絮叨叨不停地在具霜耳旁念着。

具霜一时间还真有些不习惯，用一种惊恐的眼神望着方景轩："你今天晚上究竟是怎么了？不会又吃错药了吧！"

方景轩就知道具霜嘴巴里吐不出什么好话，也不恼，仍是弯着眼，轻声把话说给她听："你可知道我为什么会带你来这里？"

具霜如实摇头："我怎么知道。"

一看方景轩又有继续念叨下去的趋势，具霜连忙摆手："等等！等等！你先别说，我得去洗个澡。"

换作平常，被具霜这么对待，方景轩定然二话不说就放冷气，今天晚上他可真是异常得很，非但没有使用冷气杀，反倒出乎意料地善解人意："稍等，我去拿浴巾和睡衣。"

方景轩越是这样，具霜越觉恐慌，拿到睡衣的那一刻，她明显瑟缩了一下，接着便逃也似的跑去浴室。

具霜这个澡洗了很久，并非她有洁癖，而是她在逃避这样的方景轩。

她不知道自己究竟该如何去面对、去应付这样一个人类，若不是意识到自己已经开始动心，她也不会弄得这般狼狈，连面对他的勇气都即将失去。

方景轩不知道具霜正在面临怎样的困境，他只知浴室里迟迟都未传出任何动静，就在他准备起身去敲门之际，浴室门赫然敞开，换上一身睡衣的具霜自水雾弥漫的浴室中缓步走出。

方景轩恍然松了口气，具霜神色与先前相比，多了一丝镇定，却依旧无法坦然面对方景轩，开口就问了句："我的房间在哪里？"

2. 真是抱歉，我非常想看见你，日日夜夜，每分每秒，时时刻刻，我都想看见你。

方景轩却挑了挑眉："难道你不准备睡这里？"

"当然不。"具霜摇头如拨浪鼓，少顷，又拢了拢发，难得正经地说，"别闹了，我知道你也很累。"

方景轩眸色突然变得很深，却出乎意料的无赖，居然径直走过去，堵住了门："所以，睡吧。"

具霜眉头皱得很紧："方景轩，你不要逼我跳窗！我不想弄得太难看！"

相比较具霜的情绪外泄，方景轩简直云淡风轻波澜不惊，他双手环胸，居高临下地逼视着具霜："我是真不知道，你究竟在害怕些什么？"

又是这句话，这是具霜第三次从方景轩口中听到同样的话语。

第一次她觉得好笑，第二次她觉得惶恐想去逃避，直到第三次听到，她方才觉得自己应该直面应对。

"我不害怕！从来就不曾害怕！"她努力让自己声音听起来显得有底气，却还是带了一丝颤音。

方景轩已经朝她步步逼近："既然不害怕，那么你究竟在躲避什么？"

具霜被逼得恼羞成怒，愤然瞪着方景轩的眼睛："我没有躲避，只是突然不想看见你，仅此而已。"

方景轩在距离具霜半米位置的时候停了下来，声音出乎意料地柔软："真是抱歉，我非常想看见你，日日夜夜，每分每秒，时时刻刻，我都想看见你。"

说这话的时候，他嘴角不自觉地弯出一道细若柳丝的笑，具霜觉得自己的眼睛仿佛要被灼伤。

她不知道自己该怎样面对这样的方景轩，更不知道自己接下来该说怎样的话语。

方景轩也不曾继续发话，就这样远远站在那里，望着她。

晚风自窗外飘来，带来几分沁人的凉意。

具霜感受着那拂面而来的微风，突然觉得自己不想再去抗争。

干脆就这样吧。

她不无颓废地想着，任凭汹涌而来的潮水将自己寸寸淹没。

方景轩，你知道吗？再这样下去，我一定会彻底沦陷，然后，就这样死在你手里。

具霜心绪混乱，方景轩的声音突然传来，不可思议地柔软，就像裹着蜜一样甜。

他说："已经很晚了，睡吧。"

这一夜谁都没有睡意，却因对方睡在自己身边，而不敢轻易翻身。

具霜睡在靠窗的那边，眼睛一直望向窗外，窗外夜色很深，弯弯的下弦月散发着柔软的光，薄云在空中飘移，点点寒星零零散散洒落在天际，略显稀疏。

这样的月夜里，具霜无端想起了很多人很多事。

有一直躺在她身边，呼吸清浅、显然未睡着的方景轩。

有她爱恋已久，却在化形之初便消失了的前任山主。

亦有陪伴她整整八百年，她却后知后觉发现，自己从来就没看透过的龙兰。

一想起龙兰，具霜便莫名感到不安，虽说他一直都保持着这种野生放养的状态，具霜却隐隐感觉到了，随着时间的不断流逝，仿佛有什么东西在慢慢改变。

她与龙兰相识是在八百年前，那时她修为浅薄化形才满两百年，又恰好失去了前任山主，一心只想找只可以年年岁岁陪伴在自己身边的妖。

她守了一株墨兰近百年，终于等到他化形，再后来他便成了龙兰。

她与龙兰之间的关系既像主仆，又像姐弟，甚至……她有时还会觉得他们之间就像母子一样。

她教他修炼，教他识字，前任山主教会她的东西，她毫无保留地全部教给了他。

有时候她也会想，她以这些换他陪伴在自己身边八百年究竟公不公平，她只是害怕一个人度过这漫长到仿佛没有尽头的生命，说她自私也好，说她只是害怕孤单也罢，无论如何，她都不想孤身走过这漫长的岁月。

从前的日子里，龙兰也曾与她闹过无数次别扭，他们大概早已习惯这种相处模式，龙兰习惯了出走，她亦已经习惯龙兰的无故消失，无故出现。

她像是早就认定龙兰永远不会离开她，他们将会一直这么折腾下去。

她始终坚信冥冥之中自有注定这种话语，也一直相信，每个出现在自己身边的人都有着不同的意义。

如果说前山主是成长和爱恋，龙兰是陪伴与温情，那么方景轩呢？他又代表着什么？

具霜一时间想不到，亦不敢太过深入地去想。

两人各有所思，丝毫未察觉到房间内的异常之处，等到具霜有所察觉之时，整间房都已弥漫着扑鼻的血腥味。

　　方景轩连忙打开灯，入眼之处一片鲜红，与上次的食阳虫不同，这次染红整间房的是货真价实的血，浓郁黏稠，甚至带着微微暖意。

　　变故来得太突然，让人猝不及防。

　　具霜第一反应便是撇过头去，望着方景轩。

　　方景轩向来内敛，具霜却在这一瞬间轻易感受到他潮水般翻涌的情绪。

　　方景轩的瞳孔已经缩成了针尖大小，具霜踟蹰半晌，刚要开口说话，方景轩就已经翻身下床，想要冲出门外去。

　　具霜当即拽住他的衣角，尽量用最简短的语言与他解释："别慌，这些血定然不会是你亲人的，黑山道人虽然作恶多端，却也不敢这般明目张胆地虐杀凡人，更何况，你的父母都是福泽深厚之人，他不敢轻易动手。"

　　方景轩向来不是冲动急躁之人，具霜话音才落下，他便稳住了心神，却依旧面色冷如寒玉。

　　他尚未做出任何举动，具霜就已推开窗，抓住他的手腕猛地跳到楼下去。

于此同时，身后一道劲风扫来，隐隐带着血腥气。

他们跳楼的一瞬间，流淌在墙壁之上的鲜血，竟如墙纸般被掀了起来，并且一路尾随他们，一同翻滚着跃了下去。

具霜原本是想直接落在地面，察觉到那团鲜血正在逼近，瞬间就改变了主意，将妖力凝聚在足尖，于虚空中猛地一踩，就汇聚起了一股力量，带着方景轩一同"哗"地落入小洋房前的泳池里。

那团鲜血显然不够智能，也一点都不机智，具霜怎么跑，它就跟着怎么追，看具霜直接跃入水池里，它亦直接冲了进去，所导致的结果是，具霜牵着方景轩的手，在泳池中畅游，它却遇水则化，再无凝聚成一团血怪的力量。

方景轩的情况却不如具霜想的那般乐观，落水的一瞬间，那些纷杂的记忆犹如潮水一般纷纷涌上方景轩心头，一些被深埋在意识深处的记忆，就像被破除封印的怪物一样在脑子里嘶吼咆哮。

那大概是方景轩这一生中最不想记起的一段回忆。

三年前，他与哥哥方景行一同跌入这个泳池之中，他完好无损地爬了出来，哥哥却一命归西。

鲜有人知道他光鲜亮丽的身份之下掩藏着怎样肮脏的故事，他并非方家主母与方老头子所生的方家合法继承人，而是方老头子年轻时在外边一夜风流，一时不慎所留下的野种。

十岁之前，他都一直与亲生母亲一同生活，他所知的是，一场大火改变了他的命运。他的母亲葬身火海，他却在从医院醒来的一瞬间，就变成名正言顺的方家二少爷。

没有人相信那场大火是个意外，方家上下皆心知肚明，那场大火只是他亲生母亲与方家所订下的协议，她以死来换取他十岁以后的荣华富贵，他的身世就此背上这样一段肮脏而又悲壮的故事。

直至三年前，他都以为那场大火不过是一场意外，直到方景行的死，真相才渐渐浮出水面。

他不曾想过，养育了他十余年的方家一直都在防备着他，若不是方家只剩他这根独苗，恐怕所有人都会想尽办法让他偿命。

也正因为除却他，方家再无任何男丁可做继承人，那些将他视作凶手的方家人纷纷选择性失明，就当从未怀疑过他是谋杀方景行的凶手一般，眼睁睁看着他拿走原本属于方景行的一切。

即便是潜在水中，具霜都能清楚地感受到方景轩的异样，才入水不久，他便如失去控制一般不停地在水中抽搐。

具霜被他的异常反应所吓到，才准备拖着他的身体浮出水面，泳池中就有什么奇怪的东西擦身而过，那是一种具霜从未接触过的奇异生物，身体似蛇一般冰凉滑腻，与它身体触到的一瞬间，具霜明显闻到一股扑鼻的腥臭味。

具霜并不善水战，莫名变得十分紧张，推送方景轩上岸的动作亦越发迅速。

无端陷入梦魇之中的方景轩赫然惊醒，他猛地一回头，却见水面露出个乌龟壳子一样的东西。

他神色微变，连忙借力将自己推上岸，并且顺势拽了具霜一把，将她一同扯了上来。

坐在泳池边沿朝下望过去，两人的视线同一时间触及到一只外貌奇特的怪物身上。

具霜敢打包票发誓，她当妖的这些年从未见过这么古怪的东西，似妖非妖，身上既无妖气，又无任何邪气，可光从它那骇人的形貌就能推断出，此物绝非善类。

具霜犹自疑惑着，方景轩却面色古怪地吐出两个字，具霜竖起耳朵尖尖去听，隐约听到"河童"二字。

这下不仅仅是方景轩，就连具霜的神色都变得十分古怪。

众所皆知，河童是日本神话传说中的一种怪物，有鸟的喙、青蛙的四肢、猴子的身体及乌龟的壳，如同多种动物的综合体，喜食动物内脏。

具霜是真不明白，黑山道人究竟从哪儿弄来这么一群奇奇怪怪的生物，一开始她本不知道黑山道人花这么大手笔弄来一堆怪物究竟是要弄哪样，现在倒是突然有些明白了。

这群妖怪都不属于国产，身上并无国产妖怪所具有的妖邪之气，如此一来，方景轩身上的纯阳之气便无法对它们发挥作用。具霜虽仍有满腹疑问，却来不及去细想，只能把这些问题统统抛至脑后。

那方泳池似乎也发生了异常，突然翻涌着卷出一道硕大的白色漩涡。

泳池里的水几乎都聚集在那漩涡之中，失去所有水的泳池突然变干涸了，除却那个其貌不扬的河童，似乎还有个人影自池底缓缓爬了起来。

方景轩的神色在月光笼罩在那人身上的那一刻变得僵硬。

他原本凌厉似剑的眼突然变得呆滞，悲戚的情绪赫然喷涌而出，蔓延至整个心房。

不仅仅是方景轩，具霜也看到一道人影在朝自己靠近。

英挺的鼻，柔和而富慈悲感的眉眼，以及那袭永远也不变的黛色法衣。

她甚至想直接跃下泳池，抱住那个消失了近千年的人影，再冷声责问他，既然消失了为何又要突然回来？

虽是这么想着，可话一出口，就莫名其妙变成"王八蛋"三个字，就连具霜也不知道自己为什么会这么悲愤，明明曾经那么喜欢他……

他的眼神依旧那么温柔，被他望着的时候，具霜觉得自己仿佛在一瞬间就拥有了全世界。

她声音无端变得嘶哑，说话断断续续，开始哽咽："你究竟去哪里了，知不知道隔壁山头的黑山道人总来找我麻烦？你知不知道无量山上的妖怪真的很难管？你知不知道我真的很想你……很想，很想……"

越说到后面，她的声音越低，直至最后几乎可以用低如蚊蚋来形容。

他宽厚的手掌抚上她的脸颊，在她精致的面容上寸寸游走，他的声音很低，也很轻，就像柔软的羽毛轻轻划过耳郭。

他说："傻姑娘，我也想你。"顿了顿，"那时候我还在想，若能活着回来，我要做的第一件事，便是娶你。"

具霜的眼睛在听到这话的一瞬间渐渐睁大，然后猛地推开那人："你是谁！为什么要假扮他？"

那人却像没听到具霜的话一样，仍在喃喃自语："奈何，再也没有那个机会了……"

方景轩怔怔地望着那个轮廓逐渐清晰的男子，沉寂片刻，终于喊了一声："哥。"

这个突然从干涸的泳池中爬出的男子不是别人，正是三年前被淹死在这汪池水里的方景行……

方景轩与具霜二人看到的俱是幻象。

没有所谓的漩涡，亦没有自池底爬出的人影，有的只是浮在水面等待二人上钩的河童。

它完全能够想象出，那纯阳之身人类的内脏该有多美味。

它鸟一般的喙因渴望鲜血而微微张启，长满蹼的手优哉游哉地划着水。

相比较妖身的具霜，方景轩于它而言，更具吸引力，更何况，它与那个长得娘们兮兮的男妖达成了协议，绝不去碰那女妖。

方景轩尚能克制住自己的情绪，具霜比想象中沦陷得更快，幻影出现至今不过两息时间，她便"扑通"一声落了水。

躲在暗处的龙兰不禁眸色一暗。

是了，这出好戏又是龙兰一手策划的。

此时的他早已恢复正常大小，即便藏在阴影里都有着令人不敢逼视的艳光，长身立在那里，就是黑暗中最夺目的一道景。

具霜落水的一瞬间，河童即刻发动攻击，刚要将方景轩拽下水，它就觉身后一暖。

原来具霜已经绕过去缠住了它的身体。

河童莫名觉得很生气，心想，这个女妖是不是脑子有问题，明明那道幻影还在池子那头，她这么热情地抱着自己是要干什么！

河童气得"哇啦哇啦"大叫，具霜仍紧抱着它，不肯撒手，口中还不停轻念着："山主，你终于回来找小霜了。"

具霜抱得太紧，一手绕过它的乌龟壳子，一手环在它颈间。

河童觉得自己几乎要窒息了，更要命的是，自己好像还没这个女妖力气大。

它整张绿脸都憋得通红，一边拖着具霜往岸上游，一边大声嚷嚷着搬救兵。

藏匿在结界后的龙兰见事态发展成这样，也是一脸愣怔，却仍不愿意现身。

河童显然猜出了龙兰的用意，它目光突然一凛，连声音也无端变得阴冷可怕：“你再不现身，我就把这个女妖给杀了！”

　　当然，要不是被具霜勒着脖子而导致它变成公鸭嗓，或许会更具威胁性。

　　龙兰一时间慌了神，连忙自阴影中冲了出来，扎破结界，冲入泳池之中。

　　在他即将触碰到具霜的时候，又有异象发生，原本还在骂骂咧咧的河童突然惊慌地瞪大了眼，原来具霜的手已不知不觉搭在了它头顶上。

　　众所皆知，河童的死穴便是它们头顶那个圆盘状的凹槽，里面常年四季都盛着清水，只要盘中清水不干涸，就能让它们生龙活虎力大无穷，可一旦盘中的水干了，它们也就离死不远。

　　具霜此时没干别的，正用妖法变出了个舀汤的木质汤勺，一勺一勺地将水从河童头顶舀出。

　　河童的内心是崩溃的，简直就要泪奔，它哭着喊着求具霜住手。

　　具霜眼皮子一掀，笑意盈盈地望向一脸震惊的龙兰：“好弟弟，你果然是关心姐姐我的。”

　　龙兰知道再也隐瞒不住，索性坦然去面对。

　　他嘴角掀了掀，扯出个苦涩的笑：“你是怎么发现的？”

具霜脸上笑意顿时收敛，她的手仍控制住那只处于崩溃边沿的河童，眼睛直视龙兰："要发现很简单，他从未喜欢过我，即便当初是因我而消失导致生死不明，他也不曾喜欢过我，更别提会与我说，回来娶我。"

"竟然是这个原因。"龙兰苦涩一笑，低头熄灭那盏被他笼在广袖里的引魂香。

他声线清朗，仿若山泉水般清冽，所说出的话却无端带着恶意："倘若我告诉你，你刚刚所看见的，真是他的魂，你会作何感想。"

具霜脸色一僵，握在手中的长柄汤勺滚落在泳池里："你说什么……我不信！"

龙兰美艳绝伦的脸笼上一层阴霾："你或许可以问问这只河童，它可以证明我所说究竟是真是假。"

引魂香甫一被熄灭，坐在岸上的方景轩突然睁开了眼，却一下子就看到了龙兰与具霜对峙的画面。

具霜像是终于放弃挣扎，扯开嘴角自嘲一笑："亏我还以为他是假的，一连骂了八句王八蛋。"

语罢，她又敛去流露在面上的所有笑意，神色不明地望向龙兰："从前我总觉得你只是个孩子，无论你做出多过分的事，我都能找借口替你圆回去，可现在，你真的太让我失望了！"

早在准备做出这样的事之前，龙兰就做好了被具霜发现的心理准备。

　　他也曾在无数个辗转难眠的深夜里想象过，若是被具霜发现他的所作所为，他又该怎么去面对。

　　解释的话语他想过无数遍，每一遍都有新的话语出现，他把那些话语在心中默念了无数遍，真正听到具霜说这话的时候，他依旧心痛如刀割。

　　他没有脸去求情，亦没有脸去与具霜解释。

　　于是他想，就这样吧。

　　蒙蒙夜色下是死一般的寂，无论是具霜，还是龙兰，又或者方景轩，谁都不曾开口说话。

　　厚重的广玉兰花不期然飘下，落在泳池里，溅起一片水花。

　　沉寂许久的空气里，终于有人打破这死一般的寂。

　　"你们有话好好说，有话好好说，不要一边说话一边拽着我行不行！"

　　开口说话的是那只一直保持沉默的河童，不要问它，为什么一个日货能把中文说得这么溜，此时此刻，它只觉天底下再也没有比它更委屈的河童。

"哦，多谢提醒，你还活着。"

要不是它突然开口说话，具霜几乎都要忘记自己还抱着这么个恶心玩意儿，她抬手将那漂浮在水面的瓢捞起，一口气舀干了它头顶圆盘中所有的水。

它就这样肖想着自己垂涎已久的纯阳之肉，苦逼地死去。

第九章
— 回无量山去 —

1. 时间不顾一切往前冲，再回首，才发觉，那看似平淡的一点一滴都深深烙在了心上，无人能取代，除非他与世界都灭亡。

河童的身体瞬间干瘪，呈干尸状漂浮在水面上。

具霜目光移至龙兰身上，表情辨不出喜怒，她深深吸了一口气，许久才问龙兰："你难道就不想与我解释？"

龙兰面露悲戚之色，时至如今，他又该怎么去解释？

没有人逼他，是他自己甘愿受黑山道人的诱惑，一点一点出卖自己，出卖具霜。

他牙关紧咬，不肯发出哪怕一丁点的声音。

具霜是真恨，怒其不争，蕴含妖力的拳风如暴雨般落下。

龙兰既不躲也不避，就那么直愣愣地站在那里，任凭具霜的拳头落在自己身上。

他本就问心有愧，既然如此，他又有什么颜面去解释去狡辩，倒不如就这么任凭具霜打下去，至少还能减轻他心中的罪恶感。

他本就紧抿成一条线的唇抿得越发紧，微微阖上了眼，任凭那一丝又一丝的尖锐疼痛在自己身上肆虐蔓延，就这样吧，他无不沮丧地想，就当在为自己所做的一切赎罪。

具霜打累了，豆大的泪水像断线的珠子似的从她眼中滴落。

她浑身瘫软地趴在龙兰胸口，声音嘶哑至极。

她不是没有怀疑过龙兰，从一开始她便察觉到龙兰的异常，只是她不信，也不愿去信，这个被自己一手带大的孩子竟会以这样的方式来对待自己。

引魂香已断，泳池外的结界亦被打破，没有了结界的阻隔，泳池中所发生的一切都能清晰地落入外人眼中。

现在虽已经到了晚上，却还未入深夜，绝大多数人都还没入睡，方家人亦如此。

泳池里的动静引得方家人纷纷上前观看。

正所谓是不看不知道，一看不得了。

方家主母原本就不太喜欢具霜，现在再看她跟个野男人哭哭啼啼地抱在泳池里，一时间气不打一处来，就要上前问诘，却被一直保持沉默的方景轩拦了下来。

具霜与龙兰在泳池中待了很久，等到他们从泳池中出来，已经入了深夜。

方景轩坐在屋檐下，怀里抱着一只圆眼睛的小奶猫，看似淡漠，却又无形之中透出几分似水柔情。

具霜领着龙兰一同上前，开口便问了句："你家还有没有多余的客房？"

方景轩微微颔首："当然有。"

方景轩不知道具霜究竟与龙兰说了些什么，也不好过问，以免给具霜徒添烦恼。

这注定是个不眠之夜，原本就辗转难眠的具霜越发难以入眠了。

第二天天刚亮，具霜就发现了龙兰留下的字条。

她神色淡然地将那张巴掌大小的纸片折叠成六折，收入自己随身携带的小包里，此后再无任何言语。

具霜的平静无端让方景轩感到恐惧。

龙兰的异常之处太过显眼，别说是与他相依为命近八百年的具霜，即便是方景轩都能察觉到他定然是藏着什么秘密。

方景轩想过很多次揭露真相的那一瞬，具霜会以怎样的状态来应对，唯独没想过，她会这么平静，无端让他想到了暴风雨来临前的夜，于是他在想，具霜究竟是把这些痛都藏在了心底，还是在着手准备酝酿出一场暴风雨。

岳上青如约而至。

车中依旧一片死寂，就连岳上青都能轻易地看出具霜今日的沉寂。

一瞬间有无数个念头从心间划过，岳上青早就习惯把疑问憋在心中，旋即便将其抛之脑后。

引擎声打破这片寂静，黑色迈巴赫扬长而去，藏匿在茂密枝叶间的龙兰纵身跃下，现出身形。

这次龙兰是真准备放弃，至于那些从来都不曾浮现在水面的情绪，不如让它们一直沉积在水底，只是，从此以后他的生命里再也不会有具霜。

夏日的阳光穿透枝叶间的缝隙，在他脸上投下斑驳的光影。

他的思绪突然在那一刹那飘向很远很远的八百年前。

无量山上，是谁守着一株墨兰，痴心苦等了整整一百年。

"小兰花快快长，等你长大了化成人形，我就有人陪着玩啦。"

彼时的他生出灵识不久，最是懵懂的时候，她凭空出现，一唠叨就是上百年。

"小兰花，你为什么长得这么慢，明明你身边所有草木都化了形，你却还是一株不会说话的墨兰，都没有人陪伴着你一同吸收露水了，你难道不会感到寂寞吗？"

具霜说这话的时候，龙兰兀自沉寂在又有一株绛珠草成功化形，整片后山仅剩他一妖的悲痛之中。听到具霜说出这样的话，他无端就想朝她翻个白眼，奈何他还只是株兰花，做不出如此高难度的动作，只能在心中碎碎念叨着，以具霜听不到的声音来吐槽。

自那以后，每隔一段时间，具霜都会突然冒出来，总絮絮叨叨与他说些什么。

她比无量山上所有的妖都来得聒噪，即便只有她一人，也能连绵不绝地唠叨上大半天。

起先，他也曾嫌弃过具霜，觉得她不仅聒噪还很烦人，后来，随着时间的推移，他似乎已经渐渐习惯了，每逢戌时都会突然冒出个聒噪的女妖，与他诉说这一整天所发生的趣事。

她口才不见得有多好，却总能把一件在平常人看来枯燥无趣的事情演绎得既生动又形象。

于是，他便开始在想，化形以后究竟会看到个怎样的世界，是不是真如她所说的那般有趣。

准时准点等待具霜来唠叨，仿佛成了这漫长岁月中唯一的慰藉。

有了具霜的存在，等待似乎不再那么孤寂。

有时她也会因一些琐事而耽误了时辰，未能按时赶到。

于是他那一整夜都会感到不开心，即便具霜来了，也依旧耷拉着枝叶，遮蔽住自己新长出的花骨朵，赤裸裸地给具霜甩脸色。

具霜向来粗神经，对此浑然不在意，还以为他是被灼灼烈日给晒蔫了，当即就用枯枝给他搭了个可笑至极的凉棚，末了，还跟隔壁山头那王婆似的自卖自夸："呀，我搭的凉棚就是好看，简直和小兰花你太相称了。"

如果可以，他真想把白眼翻破天际，他是真不明白，这么傻缺的妖究竟是怎么化的形。

偶尔也会有从前与他交好，现如今已经成功化形的妖跑回来看他。

与他说的话，十句中有八句是在吐槽而今的无量山山主。

于是他又开始想，无量山被这么一个笨蛋给统治管理着，会不会还没等他化形，就整体覆灭了。

再然后，他又会去将那个传说中的笨蛋山主与具霜进行比较，兀自思索着，同样都是笨蛋，也不知究竟是谁笨得更厉害些。

他化形的时候是在一个既无风也无雨的闷热夏夜。

疼痛比预期中来得更猛烈，这次她又不知因何原因而迟迟未来。

他扎根在被具霜刨得蓬软又肥沃的土里面，一波又一波的疼痛，仿佛未有停歇般传来，使得他紧紧咬住了牙关。

他不知道自己究竟会拥有一副怎样的肉身，亦不曾想过将来究竟要做男的还是做女的这个问题，满脑子想的都是，她怎么还不过来。

他是被一阵烈火灼烧般的痛感给疼晕的。

他再度醒来，漫天繁星已被碧空如洗的蓝天所取代。

他尚未习惯这种有手有脚，还得直立行走的感觉，最最糟心的还是，她从头至尾都不曾出现。

于是，他又开始抑制不住地胡思乱想，她究竟是移情别恋看上了别的草，还是突然发生了什么意外。

无论结果是哪一种，他都不愿意去接受。

他脑子一片混乱，又因化形之初消耗太大，而使得他有些头昏眼花，而后他竟就这样晕晕乎乎地睡着了。

再度醒来之时已是深夜，他刚睁开眼，就对上一双流光溢彩的大眼。

"咦，难道你就是小兰花？"

她向来就有这个坏习惯，说着说着总喜欢动手，这次也不例外，话音才落，她就伸出一根削葱根似的白嫩手指在他脸上戳。

一连戳了近十下，她方才眯着眼睛啧啧称奇："简直比隔壁山头的牡丹花妖还美。"

具霜常年爱与人唠叨普及八卦，他对那所谓艳压群芳的牡丹花妖自有所耳闻，彼时的他尚不知自己究竟变成什么模样，只能模糊地知道自己似乎化成了男身。

既然是男身又怎能用美来形容，他自是接受不了具霜的夸赞。

然而具霜也似乎在下一瞬就发觉了他的异常之处。

"你的胸怎么看上去这么平呀？莫非是化形的时候被什么东

西给撞着了，就给压瘪了？"

具霜边说边往他胸口摸，半晌以后方才一脸震惊地望着他："你、你、你……居然是个男的！"

花妖一族向来爱俏，哪怕糙如具霜都怀有一颗无比爱美自恋的心，是以，古往今来，压根就没几个男性花妖，即便是有，也都看起来不大正常，大多娘娘腔。

得知具霜就是那个常被人吐槽的新任山主已是三日后。

不得不说，龙兰很是震惊，十分怀疑再过几年无量山就会败在具霜手上。

实际上，具霜看起来虽然不是那么靠谱，武力值却是相当不错，那些听信新任无量山山主是个草包因此刻意赶来挑衅的妖，总能被揍个鼻青脸肿一路滚下无量山。

无量山主骁勇善战的名声就此传出，然而打出这招牌的具霜却彻底不想再管事，把所有事务都交由龙兰处理，自己整日好吃懒做，偶尔也会在心情好的时候修炼修炼。

他与具霜的生活说不上太有趣，却也绝不平淡。

他明知道具霜又傻又笨，心中还有个忘不掉的人，偏偏就这样栽了进去。

有时候他也会想，具霜喜欢前任山主会不会就像他喜欢具霜一样，最初从未想过会喜欢上，时间不顾一切往前冲，再回首，才发觉，那看似平淡的一点一滴都深深烙在了心上，无人能取代，除非对方与世界都灭亡。

2.终将有人能将你替代，你亦能用这漫长到几乎没有尽头的时光将他遗忘。

今天的桐川市格外通畅，平常要开半个小时的车程，今天十五分钟就到了。

具霜依旧神色异常，直至下了车，她才心事重重地与方景轩说："我今天不想训练。"

方景轩微微颔首："要不要去我办公室休息？"稍作停顿，"不过，昨天一天堆积了太多事，我或许没空陪你。"

具霜并未回答，而是不声不响地跟方景轩坐电梯上了顶层。

具霜不爱吹空调，方景轩一进去就把清洁阿姨率先开好的冷气关掉，推开了窗，又从冰柜中拿出一瓶具霜最爱喝的矿泉水。

具霜乖巧地接过，却并没准备开瓶喝，双手捧着流线状的玻璃瓶身，不停地用拇指在上面细细摩挲。

她心事重重，只要长了眼睛大抵就能发现她的不在状况。

方景轩向来就不善言辞，不知道该用怎样的话语去安慰她，思索许久，干脆决定不发出任何声音。

　　他眼睛虽然一直盯着电脑屏幕，余光却总在具霜身上扫。

　　呆愣良久，具霜终于拧开瓶盖，仰头喝了大半瓶水。

　　这让方景轩突然生出一种她在喝水壮胆的错觉。

　　事态似乎正如方景轩所预料的发展。

　　待到一整瓶矿泉水见底，具霜终于扇动嘴唇，说出一句话。

　　她说："方景轩，我该回去了。"

　　她声音是前所未有的轻，柔柔的，仿佛带着怯意。

　　方景轩一怔，下意识皱起了眉头："你要回哪里去？"

　　说这话的时候，方景轩的心跳下意识加快了跳动的速度，他突然觉得很害怕，害怕具霜会说出那个他所不想听到的答案。

　　然而，现实就是这般残酷，你越是害怕什么，越是逃避什么，它往往就会接踵而至。

　　"回无量山去。"

　　听到这句话的时候，方景轩只觉自己呼吸一滞。

　　他手掌紧握成拳，薄凉的唇紧紧抿成一条线，时间过去很久，他才听到自己的声音徐徐传来，他说："如果我不准呢？"

　　"那我大概会选择不辞而别吧。"说这话的时候，具霜甚至弯起嘴角笑了笑。

方景轩脑子里像是有根紧绷着的弦突然被人扯断，他瞬间就红了眼："这些日子你究竟把我当什么了？"

具霜沉默半晌，方才闷闷出声："就当什么都不是吧。"

方景轩险些冷笑出声，这串短短不足十个字的话，犹如冰锥子般扎入他心中。

具霜将方景轩流露在表面的痛楚统统视而不见，放下手中的玻璃水瓶，径直走向门外。

"阿霜！"

方景轩歇斯底里的声音破空而来，她身形一顿，咬紧牙关继续往前走。

在她即将拧开门把手的时候，方景轩终于起身，一路追来："阿霜别走！"近乎在乞求。

具霜竭力克制住自己的情绪，一遍又一遍在心中提醒自己，千万不能回头！千万不能回头！他与你本就不属于同一个世界，选择远离，无论对你，还是对他，都是最好的结局，终将有人能将你替代，你亦能用这漫长到几乎没有尽头的时光将他遗忘。

她不曾停留亦不曾回头，任凭方景轩的声音在自己身后回响。

具霜与龙兰在同一天消失。

ZY 公司当天就在官方微博上宣布了具霜退团的消息。

犹如往平静的海面丢掷一块千万吨级别的巨石，一时间惊起波涛无数。

具霜曾经的男友、ZY 公司总裁方景轩却闭门不出，不接受任何媒体的采访。

GMF 名噪一时，原本红透半边天的门面担当具霜却突然宣布退出，这个曾经风靡亚洲的少女天团就此面临解团。

几乎国内所有媒体都争相报道。

有人说，具霜退团的原因是与团内其余四人不和，矛盾日益加重，具霜便起了退团之心。

还有人说，具霜其实是不满 ZY 公司的合约条例，被其他公司重金挖走。

众说纷纭，更有甚者，传言说具霜找到比方景轩更粗壮的大腿，果断弃了方景轩，另寻金主。

自具霜离开以后，方景轩就生了一场大病。

病重的时光，他常常会做同一个梦。

梦中是流萤漫天的夏夜，小小的他拖着疲倦的身体，在古木间穿行。

五彩的流光从他眼前滑过，枝干遒劲的木芙蓉树突然迸发出一阵刺眼的碧光，清润柔媚的笑声自那株木芙蓉身上传来。而后，他眼睁睁看着那一整棵树化成个身姿蹁跹的古装丽人。

她缓缓转过身来，赫然长了张与具霜一模一样的脸。

他想伸出手去抓，她却忽地消失不见，一切都在他眼前恢复原样，没有漫天流萤，没有笑声如银铃的具霜，天依旧那么暗，阴冷的风擦着头皮阵阵吹过，孤独似潮水翻涌而来。

无边的孤独感与恐惧迫使他挣扎着自梦中醒来。

窗外夜色很深，四周静到连蛙叫声都无，悬挂在他头顶的点滴，"嘀嗒嘀嗒"滴落，顺着针管流入他的身体，与血液汇聚在一起。

病房外空荡荡的走廊里传来"哒哒哒"的脚步声，明显在他病房外停了下来。

意识在那一瞬间聚集，神经突而变得紧绷，他有些神经质地想，会不会是具霜。

她总爱深夜造访，生怕别人不知道她是个不用睡觉的女妖。

厚重的实木门"吱呀"一声被人从外推开，他倏然瞪大了眼，走进来的却不是具霜，而是头发长长了很多的江映画。

本以为是预料中的失望，流淌在心中的酸胀感就可以少一些，直到真正面临了，他才惊然发觉，非但没少，反而被酝酿得越发浓烈。

太久没说话使他的嗓子变得格外干涩，他试着张开嘴，却连一个单音节都发不出。

在床头杵立许久的江映画终于走近，取出两根用蒸馏水打湿的医用棉签浸湿方景轩干裂的嘴唇，声音带着哭泣："景轩哥，你怎么了，上青哥说你突然就晕倒在办公室里了。"

方景轩喉咙依旧干得厉害，像是有一团火在里面灼烧，他发不出任何声音，也不想与任何人交谈，除了具霜。

江映画见他依旧不说话，又从保温杯中倒了些温水递给方景轩。

看着他一点一点捧着杯子将水咽下，江映画嘴角微微翘起，即便在这般寂静的夜里，她的声音也显得格外柔，她说："景轩哥，其实我今天来是想跟你告别的，现在的我真的想通了，有些东西不该强求，命中有时终须有，纵使我与你认识的时间再长，你不喜欢我依旧还是不喜欢我。"

方景轩握住水杯的手紧了紧，江映画的声音再度响起："有机会请你替我跟具霜道个歉，还有，我其实很喜欢她那样的性格，也无比希望你能与她白头偕老。"

江映画离开后，她的声音却依旧在方景轩脑子里回荡。

"白头偕老？"他扯了扯嘴角，弯出个讽刺的笑，"多么可笑。"

那天以后，具霜就回到了她许久不曾回去的无量山。

她与龙兰住了数百年的洞府内一片狼藉，龙兰并没有回来。

她勉强弯了弯嘴角，强颜欢笑。

再等几天，他应该就会回来了吧，他都这么大了，还总是这么孩子气，动不动就玩离家出走，可无论他走多远，家都依旧在这里，不是吗？

他们的洞府因具霜的归来而瞬间变得整洁，突然回到这里的具霜莫名觉得有些不习惯。

却是连她自己都说不清，究竟是不习惯没有龙兰的陪伴，还是不习惯没有方景轩待在身边。

她一共在这洞府中待了整整十天，龙兰都没回来。

第十一天的时候，一只浑身长满硬鳞的怪鸟突然造访。

它带来沾染了死气的深紫色墨兰花，具霜一眼便认出那是龙兰的花，至于那些死气，毋庸置疑是黑山道人身上散发而出的。

那只怪鸟来此的目的究竟是什么，不言而喻。

具霜不敢妄自行动，从前独闯黑山地界的记忆历历在目，她知道自己贸然前去，不仅救不出龙兰，还有可能会赔上自己的命。

　　无量山与黑山地界几乎可以说是有着化不开的血海深仇，因两地相隔太近，而导致两方霸主不得不产生些许交集，除却上任山主，无量山上好几任山主都算是栽在了黑山道人手中。

　　妖界向来都是弱肉强食之地，前一任山主陨落，自有强者上前顶替其位置，除却血缘至亲，并无任何妖会产生要替前任山主复仇的念头，甚至新上任的山主还会感谢那个给自己上位机会的大妖。

　　说是血海深仇，却无任何人将其放在心上。

　　也正因为有太多山主丧命黑山道人手上，那些后上任的山主对黑山道人就不免有些忌惮，生怕自己也会落得与前辈一样的下场。于是，无量山山主之间唯一传承下来的东西便是上任，乃至上上上上上任山主的手札，虽说是手札，里边却都是与黑山道人有关的记载。

　　具霜将这些积灰的手札翻出来的一瞬间，莫名产生了一种无量山上每任山主都是变态跟踪狂的错觉。

　　随手一翻就能看到诸如"某年某月某日某时，我在某某地点遇到黑山道人，他独自在某处待了多长时间，最后又带走了什么东西"之类的痴汉话语，最引人遐想的是，那些偶遇记后面甚至还会写上黑山道人那天看起来怎么样，黑色的斗篷外袍上是绣了花还是印了暗纹，自己见到他时又有何感想等等。

具霜愣是带着这股异样的感觉，将整整八本四厘米厚的手札全部看完。

越往后看，她面上的玩笑之意便少一分，神色无端变得严肃且认真。

众所周知，黑山道人本是妖族与人类的混血，最初还是个淳朴安良的半妖，他黑化的原因至今都是谜。

即便如此，还是有人猜测出，他的出生并非意外，而是有人刻意为之。

不少山主把矛头指向了黑山道人的生身父亲。

传闻，黑山道人的母亲原本是只有着倾城之貌的狐妖，他父亲则是个已有通天之术的修仙道士，狐妖本是他的妖宠，两人却莫名其妙搞在了一起，没过几年，那只狐妖就怀了身孕，这倒是件蹊跷的事，但凡长了脑子的女妖都不会让自己怀上凡人的孩子，否则就得面临保大保小的艰难抉择，若是选择要孩子，那些女妖就会以自己身上妖力作为养分，去护住自己腹中的孩子，孩子降世的那一瞬，女妖自然就会因为妖力枯竭而丧生。

正因如此，半妖才会成为这么尴尬的存在。

妖族向来惜命，肯与人类生孩子的女妖几乎绝了迹，如此一来，半妖这种存在自然就很少，又或许是他们的出生本身就带着邪性，以至于几乎每个现世的半妖都能创造出不同程度的血腥传说。

黑山道人与那些动不动就要毁天灭地的大能相比已经算是逊色很多，即便如此，他也依旧是个能让人闻风丧胆的可怕存在。

具霜所看的这些手札中记载了不少关于黑山道人的日常喜好。

甚至有某任山主直接下定论说，他之所以全身覆盖黑色斗篷，脸上又戴昆仑奴面具，正是因为他畏光。

黑山道人究竟畏不畏光具霜不知道，他畏惧阳气强盛的东西，具霜倒是亲眼目睹了，而后转念一想，倒也觉得那个山主推断他畏光不无道理，只不过，那个光仅仅只是阳光。

除却阳光，天雷也是铲除邪祟的绝佳利器。

具霜没有这么通天的本事，既控制不了阳光，也操纵不了天雷，只得往别处考虑。

除却那些她无力操控的自然之物，还有核桃、糯米、桃木、雄黄、鸡血、狗牙等物阳气重。

只是她一时间并无办法让这些东西派上用场。

大抵她还没靠近就直接被黑山道人给秒杀五百回，她与黑山道人之间差的不是一点两点，思来想去，这些东西都没一个方景轩来得有用，只是她如今又怎么拉得下脸去找他，更何况，她并不想把方景轩牵扯进来。

　　他们之间本就该在此处了断。

　　四百年前独自闯黑山地界的回忆历历在目，她再也不会那么莽撞地强闯进去，既然如此，破阵就得多花些工夫……

第十章

</br>— 请你守护我 —

1. 你若是想恨，那就尽情去恨吧！毕竟恨比爱更持久。

方景轩于三日后出院，出院的那天，快要被阳光烤焦的桐川市终于下了一场大雨。

他两眼虚眈，望着一株不断被雨水拍打的木芙蓉树。

直到岳上青撑着一柄 24 骨的长柄伞自车上走来，他方才挪开视线。

具霜，你知道吗？我又抑制不住地想你了。

我想我大概是真的疯了，随意见到一株木芙蓉树都能看出你

</br>
</br>
</br>
</br>

</br>
</br>
</br>

</br>
</br>
</br>
</br>

</br>
</br>
</br>

</br>
</br>
</br>

</br>
</br>
</br>

</br>
</br>
</br>

</br>
</br>
</br>

的脸。

可你究竟会在哪里?

夏日里的暴雨来得快，去得也快，回家的路才行驶完一半，雨便停了。

暴雨过后的夏天格外凉爽，方景轩关掉了冷气，就这样敞开窗，任凭微风拂过自己脸颊。

他盯着窗外看了很久，终于说出了上车以来的第一句话: "映画去法国了。"

"嗯，今天早上才与她通了电话，她说，大概近五年内都不会回国。"岳上青的声音里听不出任何负面情绪，依旧那么温润，入耳舒适。

沉默半晌，方景轩终于出声: "变绿灯了，赶紧回去吧。"

北城区，方景轩曾经毁过一栋别墅的小区里，具霜正拿着一张卡片，四处寻找方景轩在该小区中购买的另一栋别墅。

三天前，做好一切准备的她才杀入黑山地界，便被黑山道人撵得到处乱蹿，要不是她去之前留了个心眼，大抵早就丧命在黑山地界，根本没有机会回来找方景轩。

那日的情形概括起来也就简简单单几十个字，其中凶险只有她自己知道。

她没有办法继续拿龙兰涉险，更不能再拿自己的生命开玩笑，若不是实在没办法，她真的再也不想来打扰方景轩。

方景轩几乎不敢相信自己的眼睛，他立在门前怔怔地望着具霜朝自己走来。

很久很久以后，他才找回自己的声音："不知无量山山主光顾寒舍有什么要事？"

明明是在乎的，他的声音却显得格外冷，犹如寒冬腊月里当头泼下的一桶冰水，瞬间浇灭具霜所有的期盼。

多日不见，方景轩发现她的眼睛有些红肿，瓷白肌肤上隐隐能看到几道淡化的伤痕，某一瞬间，他觉得自己的心仿佛被丢在了油锅里煎，开始胡乱猜测，自己不在的这段时间，她究竟遭遇了什么。

他承认自己输了，彻头彻尾地输了。

只要她肯低头出现，无论过去发生了什么，他都会缴械投降，把过往所立下的誓约统统抛弃。

他向来就是个不善言辞之人，心中虽有思绪万千，到头来却只能说出干巴巴五个字："说吧，什么事？"

与其说，这是在表达他的关怀，倒不如讲，他在对具霜进行审问。

具霜紧紧咬着下唇，踌躇半晌，才从喉咙里挤出一句完整的话："龙兰被黑山道人抓了，危在旦夕……"

她原本还想继续说下去，却无端被四周突然降下的冷空气冻得浑身一颤。

具霜能够清楚地感受到自己说出这番话后，方景轩的呼吸明显变得又粗又重，连带眼神都变得可怕至极，整个人森冷阴郁，散发着无形的危险气息。

她甚至觉得，而今呈现在自己面前的方景轩就像一头觅食已久的凶兽，仿佛下一刻他就会扑来咬断自己的脖颈，将自己整个吞吃入腹。

方景轩从未觉得自己如此可笑，简直就像个整日活在自己妄想之中的小丑。

他直视着具霜的眼睛，犹如猎食的豹一般步步逼近。

具霜觉得自己的喉咙像是被什么东西给卡住了一般，理智上告诉自己她该在这种情况之下说些什么，实际上她却像失声患者一样，突然发不出任何声音，只能眼睁睁看着自己被方景轩逼得步步后退，最终停靠在一个逼仄的角落，像个十恶不赦的罪犯般等待着方景轩的发落。

如果说第一次见方景轩时，他仍是一柄未出鞘的利刃，那么现在的方景轩则是斩敌无数的染血妖刀，他的气息越来越烈，具霜几乎觉得自己要喘不过气来。

她把手伸得直直的，抵在方景轩胸口，努力让自己的声音听上去显得平静而镇定："说实话，我这次算是刻意回来求你的。"

方景轩终于停下不断逼近的步伐，嘴角扬起个讥诮的弧度："你就是这样求人的？"

早在来的路上具霜就已经做好会被刁难的心理准备，而今的她只想把龙兰救出来，别的东西她都不曾去考虑。

既是如此，她就自然比以往更豁得出去。

"我求你！"她紧咬着牙关，"扑通"一声跪倒在地，像被上了发条的八音盒似的，不断重复那句，"我求你！"

连续说到第三次的时候，她尖细的下颌赫然被方景轩挑起。

方景轩身上那股久违的淡香赫然喷洒在颈间，他的声音无端变得妖娆暧昧至极："不是常言道救命之恩当以身相许，你既然这么关心他，倒不如替他献个身？"

具霜着实没料到方景轩会说出这样的话来，反复确认方景轩在认真与她说话，并未开玩笑后，她仍未发出任何声音。

方景轩隐隐带着怒气的声音再度自她耳畔响起："怎么，弟弟命悬一线，你这做姐姐的连这点牺牲都不肯付出？"

沉默良久，具霜终于发出一声轻斥："方景轩！你不要太过分！"

"我过分？"方景轩阴沉一笑，"一夜换一命，多么划算的买卖，我怎么会过分？"

具霜深吸一口气，尽量让自己情绪稳定，她莫名觉得自己已经不知道该怎么与这样的方景轩进行沟通，思量许久，终于吐出一句话："你怎么变成这样了？"

"我从来就没变！"说这话的时候，方景轩又逼近了几分，凌厉的眉眼杀气腾腾，"交换权在你手中，究竟是换还是不换，由你决定。"

这是一场没有赢家的战，无论具霜如何去选，她与方景轩都将败。

她沉默良久，终于再度出声："方景轩，你真要让我恨你？"

其实方景轩这个要求算不上过分。

妖不似人间女子那般守贞操，也很少有妖把这种东西看太重，再讲句不好听的，现如今又有多少成年人未经历过这种事。

如果具霜今天所求的只是一个普普通通的陌生人，或许她稍稍思索后便会答应，可她如今所求之人是方景轩，是她漫长生命中唯二动过心的男子。

她不想让这段回忆变得如此不堪，她的心在微微发凉，几乎想要去哀求方景轩。

可她不会允许自己这么做，方景轩也并未给她这样的机会，他清冷的声音随着酥软的呼气声一同钻入她耳朵里，她无端就酥麻了半边身体，等到整个人都清醒过来之时，只听到方景轩的声音在自己耳郭中徐徐回荡。

"你若是想恨，那就尽情去恨吧！"

他眼波清冷，寒冰碾玉般的声音随风散入夜色里。

"毕竟恨比爱更持久，或许在很久很久后的某一天我会忘记你、不再喜欢你，而我却会在你心中扎根发芽，长成一棵参天大树，让你终日生活在我的阴霾之下。"

"你疯了！"具霜倏然瞪大了眼，用一种不可思议的眼神望着方景轩。

他却在这种情况之下骤然一笑："我早就说过，我因你而疯。"

他一语落下，又是死一般的寂，仿佛所有的声音都在这一瞬之间被消去。

此时此刻，具霜觉得自己心绪无比烦乱，烦恼海的水在她心中掀起滔天骇浪，百丈高的海浪犹如千军万马过境，翻滚咆哮而来，一下又一下拍打在她孱弱的身躯上。

明明只是初秋，空气中还残留着盛夏的余威，她却觉得冷，像是全身的血液都被抽空了。

她说不清自己为什么会有这样的感觉，只是除了这个，再也感受不到其他，甚至就连她的身体也突然开始颤抖，她两手紧攥成拳，以图用这种方式来克制自己不断翻涌着的情绪。

她甚至有些颓废地想，无论如何，龙兰的命最重要，不过是陪他睡一夜而已，又能怎样，她的岁月太长，该忘的总会被忘。

良久，她终于缓慢出声："成交！"

短短两个字，仿佛用尽了全身的力气。

而方景轩亦在她出声的一刹，面如死灰。

具霜不会知道，她又怎么会知道。

他所做一切究竟是为了什么，无论具霜怎么去选，他都满盘皆伤。

他们之间大概早就回不去了吧。

不，他不无悲伤地想，他们本就无过去，又谈何回去。

于是他扬了扬唇，冷漠一笑："不必了，我嫌弃你。"

具霜牙关紧咬，不断在心中告诫自己要冷静，然而即便如此，具霜还是忍不住遍体生寒，足足过了五分钟她才缓过气来，像个没事人似的跟在方景轩身后走。

她向来脸皮厚，只要这次能救龙兰，她什么事都做得出来。

2. 全副武装攻打黑山地界！

方景轩家的冰箱里依旧塞满了她最爱喝的那种矿泉水，看到具霜视线一直落在水滴状的矿泉水瓶上，方景轩的声音冷冷响起，明明是在解释，却无端让人觉得他心虚："有些东西用惯了就不会去换，水也是一样。"

具霜轻应了声，以仰头喝水掩饰自己的尴尬。又是大半瓶水入腹，她方才开始与方景轩讲整件事的来龙去脉，其中还用一句简短的话替黑山道人做了个介绍，最后她还替方景轩科普他自己的纯阳之身，告诉他纯阳之身能在这场营救中起到怎样的关键作用。

具霜一口气把所有东西说完，方景轩听后即刻陷入了沉思。

具霜没插话去打断他的思绪，任由他单手支颐思索。

具霜的计划很简单。

无非就是想利用方景轩的纯阳之身来对付黑山道人。

这件事说起来容易，做起来却是非同一般的难。

首先具霜得保证，能让方景轩安全活到靠近黑山道人的那一刻，然后她还得保证，能让方景轩近黑山道人的身。

更何况她也早就猜测到，黑山道人之所以抓走龙兰，为的就是引出方景轩。

也正因此，具霜才会在一开始就将方景轩排除在外，此番前去，黑山道人必然埋了不少陷阱等着她与方景轩去跳。

具霜与方景轩一连准备了整整五天。

五天以后，一只浑身漆黑的小鸟拍打着翅膀飞往天际，穿越高山湖泊，一头扎进黑山地界。

全副武装的具霜遥手一指湛蓝的天际："那只鸟果然是黑山道人派来的眼线。"顿了顿，"你是怎么猜到的。"

具霜边说边把自己背包中的公鸡血、狗牙等辟邪物掏出去，塞进一根五千万伏特的伸缩电击棒，以及一支改良过的军用喷火枪里。塞完这些东西，她又摸索出一根被削得很细，并且用被烈日晒过的雄黄酒浸泡足足三天，针尖处还沾了一滴方景轩的纯阳之血的桃木针。为了使这些针能够发挥最大的作用，他们还专门找人做了件类似暴雨梨花针的暗器，每一发都能喷出近百根针。

那个暗器他们一共有三件，其中两件捆在了方景轩胳膊上，最后一件在具霜手里。

　　单拼修为具霜本来就打不赢，黑山道人还有那么多乱七八糟的手下，具霜才不会傻到直接硬拼，要是可以，她简直想唆使方景轩弄辆直升机，直接在黑山地界上空投炸弹。

　　要是只有具霜一人，她倒能御风而行轻轻松松飞到黑山地界，现在多了个方景轩，倒是变得麻烦不少，黑山地界藏匿在深山老林之间，到处是沼泽和原始树林，即便乘坐直升机都难以找到停靠之地。

　　两人在黑山地界与无量山的交界处下的飞机。

　　一路徒步而行，整整走了大半天才靠近黑山地界。

　　这是具霜第三次闯黑山地界，有了前两次的经验，她完全能够带领方景轩轻轻松松找到结界口，进入黑山地界内部。

　　仿佛望不到尽头的沼泽地瞬间消失，取而代之的是一片连绵看不到尽头的焦黑山峦，方景轩见之不禁皱起了眉头："这地方看着就觉丧气，简直就像被人用一把火给烧了似的。"

　　具霜憋住笑意，一脸戒备地四处观望着。

　　按理来说，黑山道人明知道具霜会过来，怎么会弄得这么安静？

事出反常必有妖，越是平静，具霜越是觉得其中有诈。

其实这次真是具霜误会黑山道人了，她低估了方景轩纯阳之身的杀伤力，连黑山道人这种大 BOSS 在方景轩面前都能变成弱鸡，更何况那些打酱油的小怪，它们又不是活得太无聊想找刺激，自然一感受到方景轩身上的气息就躲得远远的。

具霜与方景轩一路走来简直不要太顺畅。

除了那个类似暴雨梨花针的暗器，原本那些军用火焰枪啊高压电击棒之类的东西都是交给方景轩用来对付那些底层小怪的，谁知道黑山道人手下总共就那么几个不畏惧纯阳之力的外来怪，还都是没派上用场就分分钟被虐的渣渣。

具霜带着方景轩一路长驱直入，势如破竹，不过须臾就抵达了黑山道人所在的黑山殿。

是的，黑山道人就是这么省事加没创意，住的山头叫黑山地界，用以生活起居的房子叫作黑山殿。

门这种东西对妖来说根本就是形同虚设，具霜原本可以化作一缕轻风从门缝底下钻过去，可有了方景轩在场，她自然就不能再钻，于是有了个更加威武霸气的出场方式，却是二话不说便把人家足有三米高的殿门给踹开了。

厚重阴沉木所锻造的门在具霜的重击之下"砰"的一声砸在了地上，大地顿时颤了两颤，而端坐主位之上的黑山道人却依旧连脸色都没变。

当然，他戴的面具足够厚，即便变了脸也能确保不让人看出来。

黑山道人身下站了两排光看长相就觉十分威武霸气的妖怪，具霜并未从他们身上感受到一丝邪气，并且也无法从他们身上探测到一种本地专属妖的独特电波，当下便确定，这两排估计又是些外来品种。

想着，具霜又不禁有些担忧，那些外来品种往往都拥有比本土妖更大的块头，也不知道五万伏特的电流能否一口气将它们撂倒。

具霜才这么想，那群外来品种便咆哮而来，一个个像是发了疯似的。

具霜首当其冲，想替方景轩试水的她，二话不说就从背包里抽出根电击棒，戳在最先跑来的外来怪身上。

耀眼的紫色电流自空中划过，随着两道"啪啪"声响起，空气中无端蔓延着一股烤猪毛的味道，那只足有两米高的怪两眼一翻，轰然倒地。

试水完毕的具霜眉开眼笑，果然没带错东西。

她有妖力伴身，攻打这些小怪自然不需用到高科技。

　　黑山道人完全没料到具霜与方景轩二人会来这么一手，即刻便坐不住了，殿中突然黑气肆虐，原本就算不上敞亮的地方变得越发阴暗。

　　具霜不敢落单，时时刻刻都贴着方景轩。即便有黑气来扰，她也不怕，方景轩身前就像立了个透明的玻璃屏障，无论外面的黑气有多浓郁，只要与方景轩靠近，就能自动屏蔽那些乌烟瘴气的玩意儿。

　　黑山道人典型的吃亏不长记性，明明知道这招对方景轩不奏效，他还屡试不爽。

　　那些黑乎乎的、像雾气一样的东西皆是死气。

　　外来品种们虽然不畏惧阳气，可这些死气都是带有腐蚀性的，一个个被死气罩久了难免会不适应，甚至有几个还因这些死气而变得格外狂躁。具霜嘴角微抽，也不知道这究竟算不算误伤。

　　黑山道人意识到自己的黑雾杀非但伤不到敌人，还搅得自家战士一团糟，终于决定放弃。

　　黑气被收回，具霜的视线逐渐变得清晰。

　　方景轩左手持高压电击棒，右手握火焰枪，所过之处一片哀号。

　　具霜不敢离他太远，一直与他背靠背相厮杀。

黑山道人看到自己好不容易弄来的外来品种这样被人虐杀，简直坐立不安，偏偏他又无法靠近具霜与方景轩，连远程攻击都对方景轩不奏效。

这哪里是找人打架，分明就是单方面的虐杀，具霜得了便宜还要卖乖，一面打一面感叹："简直就像我们在欺负他们一样。"

方景轩一直都未搭话，他并不似具霜那般有妖法护体，一切只能靠自己的身体硬撑。

具霜并未发觉他的异常，依旧打得十分欢畅。方景轩负责近战，她负责远攻，随手丢出个妖法就能虐得这群外来物种分不清东西南北，这种感觉简直不要太赞。

不过两个小时，具霜就与方景轩把黑山殿中的外来物种清理得干干净净，具霜打得太兴奋，以至于她忘记了黑山道人的存在，等她意识到黑山道人不见之际，为时已晚。

黑山道人再次出现的时候，手中多了个龙兰。

他一手抓住龙兰的肩，一手扼住龙兰的脖颈，押着龙兰朝具霜步步逼近。

具霜克制住自己想要冲上去的冲动，她双手紧握成拳，在心中告诫自己，要淡定。

黑山道人搬出龙兰做人质，正好也就说明了一个问题，那便是他已经拿方景轩和具霜二人没辙了，只能把最后的王牌龙兰搬出来。

具霜才想，黑山道人会不会拿龙兰来威胁她，让她在方景轩与龙兰之间二选一。

黑山道人果然就发话了，他的声音无任何变化，永远都那么阴冷，都不用动手去做坏事，一说话就暴露了自己的反派身份。

"小姑娘，不如咱们来玩个一命换一命的游戏。"

他原本还想装腔作势，继续唠叨说下去，却没想到自己话音才落，就遭受到了具霜的无情打击："你当我傻呀，现在方景轩是我的救命王牌，他要是死了，你还不立马跑来弄死我？"

也不知是不是具霜这话说得太不留情面了，总之，她话一出口，黑山道人就再也没继续说下去的欲望。

黑山道人一双隐隐带着怒火的眼睛穿透面具，直勾勾地望向具霜。

具霜一面说话，一面挽着方景轩靠近黑山道人，然后她停在距离黑山道人身前五米的位置，用妖力给黑山道人传话："这样吧，不如我们再把条件换一换，我交出方景轩，你交出龙兰。"

不等黑山道人发出质疑，具霜就已经接着解释："我既然能够带方景轩过来，也说明，在我心中，龙兰的地位更胜方景轩。"

稍作停顿，她又接着说，"你的目的是杀方景轩，我的目的是救龙兰，我们各退一步互不干涉也挺好。"

黑山道人沉思半晌，阴恻恻的声音传入具霜脑子里："我凭什么要退步于你？"

具霜挠了挠鼻子，一副俨然不在意的样子："噢，那你还跟我商量什么，直接杀了龙兰呀。"

黑山道人一时间被哽住。

他要真想杀龙兰又怎会留到现在，还不是为了引方景轩过来。

具霜就是看准了他不敢杀龙兰。

没过多久，黑山道人就选择了妥协。具霜这话说得虽然不大好听，却也不无道理，他不敢杀龙兰，具霜亦不敢杀方景轩，既然两人都对对方不放心，不如换个策略，一人后退一步，起码这样他还有机会将他们一网打尽。

具霜见黑山道人有所松动，又连忙添油加醋："我们一起倒数，等数到一的时候，再把他们同时推出来？"

黑山道人没继续跟具霜传音，只点头示意。

具霜传音给黑山道人，轻声数着。

"三……

"二……

"一！"

具霜留了个心眼，数到一的时候，先看到黑山道人将龙兰推了出去，她才用妖力将方景轩推了出去，只是她这一下有些用力过猛，黑山道人原本就无法距离方景轩太近，方景轩这一下扑过来，哪能控制好距离，他甚至还主动往前跑了几步，一把抱住正在不断抽搐的黑山道人，绑在手臂上的两扎桃木针同时近距离发出……

震耳欲聋的嘶吼声几乎掀破整座黑山殿，身受重伤的黑山道人开始奋力挣扎，一下把方景轩甩出老远，而他自己则化作一缕黑烟自方景轩怀中飘出。

具霜左顾而右盼，一时间竟不知自己该先去龙兰那里，还是先去扶起方景轩。

她所在的位置相对而言距离龙兰更近，她咬了咬唇，最终还是决定先去看龙兰。

龙兰身上并无大碍，除了嗓子被黑山道人设了道哑禁，并无任何不寻常的地方。

哑禁甫一被解开，龙兰便张了张嘴，仿佛要对具霜说什么。

话尚未溢出唇，具霜就已经匆匆忙忙跑向了方景轩所在的地方。

她心思急切，并没发觉方景轩背着自己做的小动作，等到跑过去之时，方景轩已然一副气若游丝的模样。

　　方景轩本是血肉之躯，普通妖怪被这么一甩或许没什么事，凡人这么一折腾几乎可以把命都给甩掉。所以，当方景轩满脸鲜血地翻过身来望着具霜时，具霜只觉心脏猛地一抽。

　　具霜连忙蹲身扶起方景轩，轻声询问："你没事吧，要不要紧？"

　　方景轩压根就说不出话，一张嘴就有鲜血不要钱似的冒出来。

　　从未想过人类竟会孱弱至极的具霜顿时傻了眼，顷刻间就有泪水模糊了她的视线。

　　殷红的血不断从方景轩口中溢出，具霜声泪俱下，伸手抚着他的脸颊。

　　他整整两天都没刮胡子，脸上冒出了硬硬的胡碴，她想开口与他说话，声音还未从喉咙中溢出，就已经开始哽咽，啜泣很久，终于说出一句完整的话："我不会让你有事，我还可以吐出内丹来替你疗伤，你等等……"

　　具霜刚要施法将内丹逼出，就被方景轩握住了手腕，此时的他看起来无比虚弱，仿佛林中的风再大一些就能带走他的生命。

他的声音亦如同他的人一般虚弱，说话的声音十分微弱，具霜要努力压低身子，把耳朵紧贴在他唇畔才能听清楚他说的话。

他说："不要再做无用功，这样对你的损伤也很大，我的身体究竟怎样，没有人比我自己更清楚。"

具霜哭声越发大，滚烫的泪水汇聚成线，顺着她的脸颊滑落到他嘴角，又咸又涩，微微带着木芙蓉的馨香。

"不！我不要你死！"具霜泣不成声，反反复复，喃喃念着这句。

方景轩将她因极度恐惧而变得冰凉的手裹入自己怀里："如果我能好好活着，你是否就能接纳我？"

具霜眼神闪躲，说话的声音断断续续："我……我不知道。"

话音才落，她就想把手从方景轩怀中抽出："你别抓着我，我现在就引出内丹替你疗伤，你不会有事，你定然能够好好活下去。"

方景轩的手却抓得更紧："没有你，我独自活着又有什么意义？你若不答应，就干脆让我死在这里。"

具霜赫然闭上了眼，像是下了极大的决心，她听见自己在用不停发颤的声音说："好，我愿意。"

方景轩又问："你愿意什么？"

"愿意此生与你在一起，永远不分离！"

鼓起勇气说出这句话的具霜像是终于松了一口气，方景轩明显带着笑意的声音擦着耳郭传来："你说的，可不能反悔。"相比较先前的气若游丝，他现在的声音对具霜来说简直可以用晴天霹雳来形容。是的，具霜听到这声音的一瞬间，仿佛觉得自己遭到了雷劈，还是一口气劈上七七四十九下不带停歇的那种。

足足愣了半秒钟，具霜才意识到自己被方景轩给阴了。

她连忙抹干脸上的泪水，咬牙切齿地从牙缝中挤出三个字："方！景！轩！"

她还没来得急发作，整个人就被方景轩搂入怀里，他死死抓住具霜的手按在自己胸口："伤是假的，心是真的。"

说这话的时候，方景轩眼睛里仿佛有一整片星光在闪动，它们汇聚成一片星海漩涡，不断在方景轩眼睛里旋转。

具霜盯着他的眼睛看了很久，终于面色舒展，呼出一口浊气："我认输了。"

她的话使得方景轩一愣，他不知道具霜为什么会突然说这个，更不知道具霜说出这样的话需要多大的勇气。

她全然放弃了去挣扎，让自己在他眼中的星海里沉沦。

语罢，她又突然弯起嘴角笑了笑："可是我们来日方长，总有一天我会斗赢你。"

就这样吧。

没有什么需要去躲避，她不怕，她什么也不怕。

看着她唇畔不断舒展绽放开的笑，方景轩嘴角亦微微扬起："那么，请你守护我，我的山大王。"

具霜脸上笑容一滞，反复回味一番才恍然发觉方景轩这话说得不对，旋即恶狠狠地瞪向他："啊呸！我才不是山大王，叫我山主大人！"

方景轩眉角眼梢俱是笑意："哦，山大王。"

具霜气极，一拳捶在方景轩胸口上："都说了不是山大王！"

不远处的龙兰静静地望着具霜与方景轩，紧绷着的脸上终于浮现出一丝笑意。

或许，这就是最好的结局。

– 全文完 –

番外一

― 愿意娶我吗 ―

ZY 公司总裁方景轩是圈内出了名的钻石王老五，虽然他话很少，虽然他总板着一张讨债脸，可谁让他人美又多金呢，是以，不论圈里还是圈外都有一堆想爬上他床，成为总裁夫人的妖艳贱货。

有时候方大总裁也觉得很烦闷很苦逼，他好端端一个黄花大闺男无缘无故多了一堆"老婆"也就算了，还时不时冒出所谓的圈内人爆出他在某地偷偷登记结婚的料，以至于他那所谓的"老婆"们集体暴动，隔三岔五堵一次 ZY 公司。

这种事情闹得多了，跟着瞎掺和的人也就少了，甚至每当有人看见微博上又出现"方总裁大大结婚"之类的字眼都会跑过去留言，说些类似于"老公要是真要结婚了我就直播吃键盘"，又或者是说"你们这些人无不无聊啊，老公明明早就跟老娘结了婚，猴子都生了一筐，又结个毛线球球婚啊"之类的话语。

这天，网瘾老妖精具霜吃饱喝足之余又缩在方景轩办公室刷微博，恰好看到一则转自某涯论坛的长微博。

"天要下雨，方总裁要娶妻，借这次东风 818 方大大那些年结过的婚。"

具霜一颗八卦之心燃烧得噼里啪啦作响，趁方景轩不注意连忙点了进去看。

也不知是那帖子写得太搞笑还是具霜笑点忒低，还只看了一半就笑得在沙发上滚来滚去。

低头翻阅文件的方景轩不明所以地朝她望了一眼，正瘫在沙发上打滚的具霜有所察觉，连忙低沉丹田，憋住笑意，一本正经地接着滑动手机。

方景轩微微挑挑眉，少顷，又收回视线，继续低头看文件。

岂知，具霜下一次动静更大，笑声简直就像直接从胸腔里喷涌而出，其威力之大，堪称惊天动地。

方景轩再也没法淡定，起身，径直朝她走了过来。

彼时的具霜只顾着闷头大笑，丝毫未察觉正有危险在逼近，等她有所察觉之际，头顶已有一片黑云压来，连窗外天光都被遮了去。

具霜愣是僵了两秒，下意识就把手机扣过来压在沙发上，末了还不忘眨巴眨巴眼，实力演绎无辜傻白甜。

她一边试图用傻笑勾走方景轩所有注意，一边暗暗背着方景轩做小动作，想将手机的存在感降到最低。

奈何方景轩不吃她这套，却是压低身子，直接抽走快被她挪到屁股底下压着的手机。

具霜简直痛心疾首，又没这个熊心豹子胆去抢，只能眼睁睁看着方景轩浏览起上面的讯息。

然而，不过须臾方景轩就把手机丢回沙发上，还顺手赏给具霜一记栗暴："我要娶别人，你还这么开心？"

具霜雪白的脑门上顶着一道滑稽的红印，摇头似拨浪鼓："不不不，你要相信我，我绝对是爱你的。"

见方景轩仍一副"信你就有鬼"的眼神，具霜索性把心一横，张嘴就来了句刚在微博上刷到的情话："真的，你要相信我！春风十里、五十里、一百里，体测八百米，海底两万里，德芙巧克力，香草味八喜，可可布朗尼，榴莲菠萝蜜，芝士玉米粒，鸡汁土豆泥，黑椒牛里脊，黄焖辣子鸡，红烧排骨酱醋鱼都不如你，全都不如你！"

这段话虽算不上太长，却也着实不短，要一口气不中断地把它背完相当不容易。

当最后一个字打着旋儿从舌尖溢出之时，具霜终于喘了口气，满脸殷切地望着方景轩，看样子是厚着脸皮在求赞。

都说女人心海底针，具霜却觉得方总裁大大的心简直就是掉到银河里的针，她像个二愣子似的望了他老半天，都不见他老人家有半点反应。

具霜很是挫败。

心想，亏她还冒着差点就要背过气的风险念出这老长一串。

不求夸赞，像往常一样随意放个冷气刷刷存在感都行呀，总比啥都不表示好不是？

也不知是具霜的怨念太过强烈，还是方总裁大大反射弧比平日里都来得长，又过了好几分钟时间，他老人家面色方才有了变化。

只不过，这反应似乎太激烈了些。

他二话不说就拽住具霜手腕往沙发下拖。

具霜头上顶着个大写的愣怔，连忙开口问道："你要干什么……"

方景轩却是立志将霸道总裁的精神进行到底，嘴角那么一扬，瞬间弯出个惊心动魄的弧度："消灭绯闻。"

具霜还是蒙，很是实诚地摇摇头："不懂，我是真的不懂你究竟在说什么。"

方景轩难得没去调侃具霜，眼角眉梢俱是笑意："跟我走，到了你自然就知道。"

……

具霜整个人都陷入一种游离三界之外的超脱状态，直至方景轩将车停在某片鸟不拉屎的原始森林外，她才勉强把神识给拉回来，满脸疑惑地盯着不知从哪儿掏出个纯黑丝绒盒的方景轩。

方景轩却是将锯嘴葫芦属性发挥到极致，即便手中捏着想要送给具霜的礼物，依旧傲娇到不肯多说一个字，只差雇人在他旁边举着个牌子，上书曰："快点打开看！！！"

没错，唯有三个感叹号才足已将他此时的心情表达真切。

具霜很上道，黑丝绒盒甫一出现，她眼睛里就闪起了绿光，二话不说便把盒子拆开，却愕然发觉，里面躺了串以黑绳系成一束的铜铃，石榴籽大小，统共五颗，很是精致古朴的模样。

具霜见之不禁啧啧称奇，盯着那串铜铃看了又看，良久，终于发出感叹："你是想让我养猫还是养狗呢？可我比较想养花哎。"

方景轩举着丝绒盒的手明显一颤，寒冰碾玉般的声音自头顶凉凉传来："首先养好你自己。"

具霜深觉这话说得有道理，刚要点头称赞，方景轩就已经蹲身将那串铜铃系在了她纤细的脚踝上。

原本光洁无一物的脚踝上突然多出个累赘物，莫名让具霜觉得不舒服。

方景轩依旧不肯做任何解释，只一脸淡然地说了句："走走看。"

具霜起先还有些狐疑地扭了扭脚踝，直至听到那串铜铃发出"丁零"声响，才起意往前走。

她走路又快又轻盈，短短半分钟时间内就已与方景轩拉出大段距离，转身往回走的刹那才恍然发觉，自己走过的路皆开出了洁白的花，一步一生莲，不过须臾，又在微风摇曳中消散。

具霜很是新奇，恍然生出种自己从一个籍籍无名的老妖精升级成瑶池天女的错觉。

才准备询问方景轩，这玩意儿究竟是怎样做到步步生莲的，他便将手伸了过来，一路牵着具霜往茂密的森林中走。

一路走去，繁花似锦在她身后盛开，翩跹的蝶似柳絮般飘来，纷纷扬扬，遮蔽视线。

方景轩一路牵着着具霜往深林中走，一路斜着眼偷瞄她。

他们终于停在一个巨大的土坑前。

莫名觉得前方那个坑看上去有些眼熟，具霜眨眨眼："咦……这个坑……"

余下的话尚未来得及说出口，方景轩就已握住她的手，紧贴在自己胸口，他声线清冷依旧，语调却是出乎意料的柔软："你大概不会知道，这里才是我们初遇的地方。"

方景轩口味再重也不会重到能够对像水鬼一般被人钓上游轮的具霜一见倾心，他与具霜的命运亦不是那时候才开始有了交集，而是在更早的十五年前。

流萤漫天的仲夏夜，枝干遒劲的千年木芙蓉树缓缓蜕变成风姿绰约的古装美人，如梦似幻，让他一时间分不清真实与虚幻。

经过方景轩的提点，具霜才恍然想起，自己当年似乎在这附近救过一个迷路的孩子。

具霜的日子向来过得糊涂，而今再让她回想起当年的事，她也记不清，只有个模糊的印象，那孩子脾气似乎很不好，不但话少还十分别扭，而今再回想一番，啧，简直跟方景轩一模一样。

具霜想着想着就笑出了声，前方恰好又有一群粉蝶扇动着纤秀的翅膀自微风里飘过，阳光很大，穿过遮天蔽日的树荫洒下，只余零星几点光斑，投落在具霜光洁的面颊上，隐约能看到她眼中荡漾的波光。

　　不同方向的光与影交织叠加在一起，方景轩有些看不真切，不知究竟是她湿了眼，还是他看花了眼。

　　许久，具霜终于翻转手背将眼睛擦了擦，又擦了擦，几滴晶莹的泪在阳光下熠熠生辉，她的声音亦随之响起："方景轩你能不能把这群蝴蝶弄走啊！鳞粉都掉我眼睛里了！真的很烦人呀！"

　　原本有满腔话要与具霜说的方景轩只剩："……"

　　克制住想要狂揍具霜一顿的冲动，方景轩终于又将跑歪了的话题强行扭转回来，他尽量抚平自己的情绪，让自己免受具霜的干扰，好不容易柔软下来的声音无端变得冷冽几分，随风扫入耳朵里，有着异样的空灵。

　　"我曾经说过，我对你是一见倾心……"

　　话还没说到一半，就遭到具霜的蛮横打断："所以你如此别具一格，想用串铜铃跟我求婚吗？"

　　话锋转得太快，方景轩一时间没能反应过来。

具霜却上前一步，双手环住方景轩的脖颈，笑意盈盈："起码得有戒指呀。"

这下换方景轩愣怔了。

具霜笑得一脸狡黠："这次换我主动，所以，你愿意娶我吗？"

话音才落，方景轩便感受到自己的无名指上明显多了样东西，冰冷、坚硬，毋庸置疑是一枚戒指。

随着具霜声音的落下，仿佛整个世界都在发生变化，遮天蔽日的参天大树上开满繁花，盘踞在地面的藤蔓抽出枝芽，相互交错编织成桌椅，飞鸟与麋鹿在林间穿行，嘴中的竹篮盛满瓜果和糕点。

具霜踮起脚，轻轻吻上方景轩，漫天飞舞的蝴蝶围绕着他们旋转，一只一只紧贴在他们身上，化作雪白的嫁衣。

林外传来纷杂的脚步声，由远及近，渐渐显出他们的身影。

当西装革履的岳上青与龙兰各自领着一队人马分花拂柳而来之时，具霜方才又问方景轩："我们的婚礼可以开始了吗？"

方景轩像是愣了很久才找回自己的声音："当然可以。"

番外二

—— 只有一个你 ——

　　他突然记不起在那以后究竟又过了多少年，那些过往的回忆随着时间的推移，渐渐变得斑驳而模糊，仿佛就像一张不慎落入水里的水墨丹青，上面的线条曾经无比清晰，而今却遇水则化，混淆成一团理不清的墨迹。

　　他的腿脚越来越不利索，鬓角染满白霜，皱纹一条接着一条爬上脸颊，牙齿也日渐松动。

　　他想，他大抵是要撑不过这个冬天了，否则那些本该被遗忘的记忆又怎么会越来越清晰。

　　具霜日复一日地在他体内渡入被转化后的妖气，以延缓他的衰老。

当最后一丝妖气散入他体内，他终于再度开口说出那句被他念叨过无数次的话："我剩下的日子不多了，何必再这样浪费。"

具霜恍若未闻，缓缓收回内息，却是直接将那话视作耳旁风，似从前那般贴在他颈窝蹭蹭。

她是妖不会变老，却在循着他衰老的轨迹，一点一点改变自己的容貌，只要他鬓角白了一根发，眼角爬上一条细纹，翌日总能在她身上看到同样的痕迹。

他无奈至极地叹了叹气，握着她的手，与她轻声说："从前年轻的时候，我总想时刻把你捆在身边，而今老了才发觉，我俨然成了个困住你的牢笼。"

听到这种话的时候，她总能没心没肺地笑笑，说："我堂堂无量山山主又岂会被你所束缚，反正你的岁月也就这么长，等你百年以后，我照样回我的无量山，当我的山主大人，谁会被你困一辈子哦，我的一辈子可长着呢。"

说这话的时候，也不知道她究竟有几分真心几分假意，他尽可能地去相信，她这话皆出自真心。

于是，他一遍又一遍地念叨："那就好，那就好。"

近些日子，他觉得自己的状态比前段时日变好了不少，他本已昏花的眼睛在某一瞬间看物看得格外清晰，惊喜之余他又莫名感到恐慌，害怕这昙花一现的清明只是大限来临之前的回光返照。他这次呼唤具霜的声音格外急躁，让原本躺在摇椅上晒夕阳的具霜瞬间惊醒。

她一脸惊慌地望着他，声音前所未有的急切："怎么啦？怎么啦？究竟发生什么了？"

他原本被时光腐蚀得无比喑哑的声音像是突然恢复了年轻时的清冽，清清冷冷的，落入具霜耳朵里，有种恍然隔世的感觉。

她的心绪尚在那些湮灭在时光中的回忆中游走，尚未能将心神抽回来，脸颊上却无端感受到一股暖意。

他说："真的太久了，我突然忘记了你年轻时的模样，你能不能再让我看一眼？"

她不知道他为什么会突然提出这样的要求，心中不可抑制地翻涌出酸涩的液体，将她整个胸腔都撑得满满的，仿佛随时都能炸开，然后她听见自己的声音，在微风徐来的间隙中灌入他的耳，她的回复无比简短，仅仅一个"好"字，千回百转。

夕阳将整个世界染成昏黄的色调。

她逐渐变年轻的容颜像是穿透了漫长的时光和无尽的岁月，

又回到他们最初相遇的时候。

树下小小的少年哭得上气不接下气，笼在一片水光月色下瑟瑟发抖。

她一脸烦闷地现了形，一开口便是："再哭，我就吃了你！"

彼时的他尚不过是个年幼的稚童，看到一个这般凶神恶煞的美貌姐姐与自己说话，欣喜大于恐惧，非但没能被吓跑，反倒径直扑了上去，一把抱住她的胳膊，却无论如何都不肯张嘴说一句话，把她给愁得哟，简直想直接把他甩到南海去。

后来究竟怎样了，具霜总也记不清，大抵就是不胜其烦的她趁着天黑赶紧把他送了回去，还趁机封住了他的部分记忆。

这也正是他总记得自己在哪儿见过一株枝干道劲的木芙蓉树化形，却又死活看不到化形花妖正脸的原因，从前他总以为那仅仅是一场瑰丽华艳的梦，原来他们的命运在那么早之前就连在了一起。

他于那个暖色调的黄昏中离世，享年九十九。

他临走的那一刻，风仿佛刮得格外大一些。

她驻足在一片荒凉的芦苇地中站了很久很久的时间。

许久不曾听到过的龙兰的声音，徐徐传来，依旧犹如少年般朗润清冽。

"姐姐，我们回无量山去。"

方景轩的坟建在了无量山上，具霜化形前一直蹲着的巨坑里，这是他们初遇、结亲，乃至世世长相守之地。

方景轩的坟建好那一日，具霜独自一人不眠不休地在坟前站了整整三日。

直到第三日太阳下山的时候，龙兰方才神色不明地出现在具霜身后，周身镀着一层寒霜："你倒是有点出息，既然放不下，不如好好修行，将来指不定还能逮到他的转世。"

她的声音很平静，却无故透着一股子苍凉的意味，她说："世上只有一个方景轩，任他再如何轮回，再如何转世，他都不再是我认识的方景轩。"

次日，方景轩坟前开满嫣红木芙蓉，连绵不绝三百里。

龙兰孤身一人站在坟前喃喃："你只知世上只有一个方景轩，又可知，世上只有一个具霜？"

无人回答他的话，唯有微风拂过脸颊，木芙蓉枝叶摇曳，沙沙作响。

一条弹幕掀飞人气主播薛拾星的平凡生活，
引发了与冰块异能少年聂西遥的危险爱情。

**遛狗被绑架 / 食人鱼口下逃生 / 高楼坠落险没命
鬼知道我经历了什么！**

有爱内容简读

说起来。
我一直觉得你很像一个人。
一个见证了我前二十多年里少见的一次出糗的人。
命运捉弄的重逢后，又想用一辈子珍之重之妥帖收藏的人。

聂西遥将薛拾星紧紧搂在怀里，低笑。
"我已经牵连了你……薛拾星，我答应过，如果你遇到危险，我都回来救你，不管怎样我都会来救你。"
"聂西遥……"薛拾星的眼泪一下子流出来。
他呼吸很重，一下又一下打在薛拾星的脖颈，但眼底一片平静。
"我会用我的一生保护你，你……信不信我？"

图书在版编目 (CIP) 数据

请你守护我 / 九歌著 . -- 上海：上海文化出版社，2016.12（2020.1 重印）
ISBN 978-7-5535-0661-6

Ⅰ.①请… Ⅱ.①九… Ⅲ.①长篇小说 – 中国 – 当代 Ⅳ.① I247.5

中国版本图书馆 CIP 数据核字 (2016) 第 282307 号

责任编辑　詹明瑜　蔡美凤
特约编辑　曾雪玲　层　楼
装帧设计　刘　艳　逸一
封面绘制　蚁　倮
印务监制　李红霞
责任校对　彭　佳

请你守护我

九歌　著

出　　版　上海文化出版社
出　　品　上海故事会文化传媒有限公司
　　　　　（200020 上海市绍兴路 74 号　www.storychina.cn）
发　　行　上海文艺出版社发行中心
　　　　　（上海市绍兴路 50 号）
印　　刷　三河市华东印刷有限公司
开　　本　880×1230　1/32　　印　　张　9
版　　次　2016 年 12 月第 1 版　　印　　次　2020 年 1 月第 2 次印刷
书　　号　ISBN 978-7-5535-0661-6/I.189
定　　价　39.80 元

故事会　大众文化出版基地　●www.storychina.cn　　上海故事会文化传媒有限公司　出品（00614）www.storychina.cn

本书如有印装问题，请与印刷厂联系调换。联系电话：0731–82755298